JN303166

判決

La Sentence

ジャン・ジュネ
Jean Genet

宇野邦一 訳

みすず書房

LA SENTENCE

suivi de

J'ETAIS ET JE N'ETAIS PAS

by

Jean Genet

目次

緒言

ここに刊行するふたつのテクスト草稿は、一九七〇年代中ごろ、ジャン・ジュネがガリマール出版社に渡したもので、大判の紙ばさみに保存されていた。このなかにはまた『恋する虜』の一節の草稿も含まれている。

われわれが「判決」と題したのは未刊の本の断片で、ジャン・ジュネはこれを入念な書体で記している。グラフィック・デザイナーのマッサンが作家の指示した構成に忠実な素案をつくっていたが、実現されないままになっていた。草稿1、2、4および5の最初の四行は、『恋する虜』(*Un captive amoureux*, Gallimard, p.64-68)に現れた部分で、一九六七年末から一九六八年はじめにかけて極東を訪れたジャン・ジュネの旅の記録である。

「私はいた、そして私はいなかった」のほうは、作者みずからの訂正が入ったタイプ原稿にしたがった。

* 「『恋する虜』に現れた部分」とは、海老坂武・鵜飼哲による訳書(人文書院、一九九四年)では六九—七三ページにあたる。本書で新たに訳したが、それは六—一二ページ中、文字の大きさが本文サイズの部分、一八ページ冒頭の十行、二二ページ冒頭の四行に相当する。(訳者記)

＊　「判決」において文字が黒赤二色となっているのはジュネの指定による。ジュネが草稿で指定した文字組みを本書でもできるかぎり再現しているが、判型の都合上ひとつの草稿の訳文が三ページにまたがるさいは見開き単位での文の流れを優先させたため、文ブロックの構成に異同が生じているばあいがある。また原書にしたがって草稿写真を掲載した。

判決

〈法〉をぶちこわしにやってきた〈息子〉の崇める父、全軍隊の長、参謀本部の総司令官、絶対的立法の絶対的制定者、控訴院の最高長官、侮辱や軽率なふるまいや気まぐれには慣れっこで、王たち、羊飼い娘たち、シモーヌ・ヴェイユの首に片っ端から恩赦を言い渡した、不可解な出現と消滅、ティエポロの描いた天井画の旺盛な、けれど消え入りそうな画題、翼をはためかせる天使と大天使の宮廷で見えるもの見えないもの、権威者、暴君、諸侯、城館の門衛、王、請負人、組合書記などの前身、沖積土を撒き散らす堰を積み重ね、みずから生み出した稲妻を鷲づかみにし、自分自身に飽き足らず、地上にあの〈息子〉を遣わすことになった、この息子が〈彼〉、唯一なるものの仰天すべき出現を贖うように、「ゼウスの雷霆[1]」とむつみあい、けんか早い部族の上に君臨し、孤独であり唯一のものであり、それはわれらの時代にいたるまで存続した、みずからのイメージを人間の数に等しい粉々の断片にして。権力と支配は〈永遠なる存在〉の属性であり、それはいかなる人間の手にも落ちない。

石炭の塊りに羊歯の跡が刻まれたということ、それは何かだ！

オリンポスの神々と教会の天井に描かれた神とのあいだには、たしかに諍いがあった、諍い、喧嘩、死に物狂いの戦い、罵りあい、なぜならこの神々は、ヴェトナムの上空で、その奥地で、ソヴィエト連邦と対決するアメリカの武器よりも、もっと恐るべき武器で武装していたから、諍い、喧嘩、流血、ついには和合、そして融合、さらには完璧な協力。西洋世界はベドウィン族

どんな言葉も、あるイメージの成立を、そしてその出現を告げることができる、どんなイメージでもよい、しかしここに定着されるイメージは、私が書こうと決意し、それだけを選ぶにつれて、他のイメージがひしめき、色褪せ、力負けし、あるいは折伏されてしまうなかに浮上してきた、それは北極の暗闇だった。一九六七年十二月二十一日の夕方、ハンブルクを飛び立ち、ルフトハンザ航空の飛行機は最初コペンハーゲンに向かっていた。計器の故障のため、私たちはフランクフルトにもどることになった。二十二日に再出発した。三人のアメリカ人、五人のドイツ人、そして私を除けば、他は無口な日本人だけだった。アンカレッジに着くまで何も特別なことは起きなかったが、着陸寸前にスチュワーデスが英語とドイツ語であいさつし、「さよなら」と発音した。たぶん声の明快な音色、久しい前から私が待望し

ていたその響き、あまり子音を交えない母音の透明感のせいか、要するに暗闇のなかのその言葉は、飛行機がまだ西経にあって、そろそろそこから離れようとしていたとき、まったく新たなすがすがしい印象を私に刻みつけた。それはつまり予感だった。

　飛行機はまた出発した。いや出発しなかったのか。エンジンは動いていたが、かすかな揺れ、あるいは激しい揺れにせよ、離陸の揺れに私は気づかなかった。夜の闇が深かったので、まだ動かずにいるのかどうかもわからなかった。みんな黙ったままで、たぶん眠っていた、あるいは自分の脈を測っていた。丸窓から見えるのは翼の端についた赤い標識灯だけだった。スチュワーデスが言うには、私たちは北極を回り地球の東側に「下降」していた。旅の疲れ、航路変更、飛行機の迷走、日本の上空に来て、やっと明けようとしている夜、もうすでに地球の東側にいるという思い、毎秒ごとにまだ事故は起きていないとわかっても、毎秒事故が起きるかもしれないという思い、心に刻まれた「さよなら」という言葉の残響、これらのせいで私は眠れなかった。この言葉に促され集中していた、体がぼろ切れのようになり、ユダヤ＝キリスト教のどす黒くぶあつい道徳が剝がれ落ち、裸で真っ白になりかけていた。私の受け身なことは驚きだった。私は手術を受け、私がその証人だった、そのため安らぎを覚えていたが、私はそれに手を貸してはいなかった。むしろ慎重にふるまう必要があった。私が介入しなければ、この手術は成功間違いなしだった。私の感じた安堵は、ちょっといかがわしかった。もしかして誰かがそれを見抜き、

の神に惚れ込んだが、この神はローマ法の空理空論をふりまわし、みずからの法を私たちに押しつけたのだ。

そしてこれは私たちをどこまでも打ちのめし、ただ天の高みに現れるのではなく、右に左に、私たちの足もとに、内奥に現れ、予言的な啓示の超過速度ではなく、シルクハットをかぶり、駅の落成式を祝う共和国大統領が到着する速度で現れるのだ。さらには無人の巨大な裸の帝国広場の禿げ上がった独裁、そこに円柱あるいはオベリスクがそびえたち、ローマの軍団を左右にまっぷたつに断ち、将軍は上下に切断される。

そしてそれは破壊され、粉砕され、ずたずたになり、雷に打たれ、焦げつき、息を止められ、罵られ、それでもまだ

私をまじまじと見つめていたかもしれない。あまりに長いあいだこの道徳とやりあってきたので、私の戦いは珍妙なほどになっていた。徒労だった。日本語のひとつの言葉が、

何か濃密な激越なものであり続ける。長期にわたる行軍の後で足が激しく臭うように。激越で、語りがたい。

N'importe quel mot peut annoncer la formation, puis l'apparition de n'importe quelle image, mais celle qui sera fixée ici s'est présentée dans un foisonnement d'autres cédant en éclat, en force, en résonance à mesure que ma décision d'écrire se précisait et ne retenait qu'elle : la nuit polaire. Décollant de Hambourg dans la soirée du 31 décembre 1967, l'avion de la Lufthansa nous conduisit d'abord à Copenhague. Le déréglage des instruments de navigation nous obligea de revenir à Frankfurt. Nous repartions au matin du 32. Sauf trois Américains, cinq Allemands et moi, les passagers étaient des Japonais taciturnes. Jusqu'à Anchorage il ne se passa rien que je doive signaler, mais un peu avant l'atterrissage une hôtesse de l'air dit quelques compliments en anglais et en allemand, et prononça : "Sayonara". Probablement le timbre clair de la voix, l'étrangeté attendue depuis longtemps par moi de cette sonorité, la limpidité des voyelles à peine portées par les consonnes, bref ce mot dans la nuit, l'avion encore sur une longitude occidentale qu'il s'apprêtait à quitter, ce mot me causa une impression de fraîcheur très nouvelle qu'on nomme un pressentiment.

L'avion repartit. Ou non ? Les moteurs tournaient mais je n'avais pas éprouvé la secousse, faible ou brutale, des décollages et la nuit était si épaisse que je ne savais pas si nous étions encore immobiles. Tout le monde se taisait, dormait peut-être. Par le hublot je ne voyais qu'un feu de position rouge fixé à la pointe de l'aile. Une hôtesse me dit que nous avions contourné le pôle et que nous "descendions" sur la partie orientale du globe. La fatigue du voyage, la trajectoire modifiée, l'errance de l'avion, la nuit qui paraissait ne devoir cesser qu'au-dessus du Japon, l'idée d'être déjà à l'est de la Terre et celle qu'à chaque seconde un accident était possible quand chaque seconde nouvelle prouvait qu'il n'avait pas encore eu lieu, le retentissement en moi du mot "Sayonara", m'empêchaient de dormir. À partir de ce mot, je fus attentif à la manière dont s'abrasait par lambeaux de mon corps au risque de me laisser nu et blanc la noire et certainement épaisse morale judéo-chrétienne. Ma passivité m'étonnait. L'opération se faisait sur moi, j'en étais le témoin, j'en ressentais le bien-être mais je n'y participais pas. Je devais même être prudent : cette opération échouerait complètement si je n'intervenais pas. Le soulagement éprouvé était un peu frauduleux. Quelqu'un d'autre peut-être me sourit. Si longtemps je m'étais débattu contre cette morale que mon combat était devenu grotesque. Et vain. Un mot japonais

エジプトの七つの災い、ギリシアの七人の賢者、七つの大罪、世界の七不思議、音階の七つの音、プリズムの七色、七つの小刀を持つ処女、七つの日没、七つの天使と七つの月、シカゴの七人、ところで彼らは八人だったが八人目が黒人だったので、彼らの数は七ということになった。

シカゴで公判が開かれる。アメリカの七人の白人革命家そしてひとりの黒人が、白人の判事の裁きを受ける。白人たちは釈放されるだろう。彼らの裁判は「シカゴの七人」[2]とよばれるだろう。白人たちのあからさまな反感ゆえに、グループから、その一員だった黒人は締め出される。あの聖なる数字は人種差別である。

若い女性のしなやかな声にのったその言葉が手術を始めていた。もうひとつ驚きと思ったのは、過去の私の戦いのさなかで、仮に日本語をでっちあげたり学習したりしても、この単純な、かなり興味深いあいさつの言葉を私は発見することができなかっただろうということだ。そのありふれた意味が、私にはまだわからなかった。透き通った単純な言葉のその浄化の力、治癒の力に驚く私は、狐につままれたようだった。少しして私は思ったのだ。「さよなら」（Sayonara）は、日本語には《r》の音が存在しないのでこの単語はSayonalaのように発音されるが、それは私の不幸な肉体にはじめて柔らかく触れた真綿のようなものだった、不幸というのは、この肉体がユダヤ＝キリスト教的道徳に逆らって、ぼろぼろの要塞を保持してきたからだ、その真綿が私の化けの皮を剥ぎ、いま書いたように、私を白無垢に裸にしようとしていた。解放されるにしても、それは長期にわたり、緩慢に進み、深いところに[3]メスを入れるようなもので、私は疲れ果ててしまうにちがいなかったが、それは炎が

テーベの七つの門、テーベに逆らう七人、ローマの七つの丘、七つの枝のある大燭台、イスラエルの七つの部族、七人の小人、七つの小さなパン、七匹の子豚、七つの知恵の柱、競技場を七周、七人の傭兵に七人の侍が潜んでいる、荒地に響く七つのこだま、そして遺てられ、一掃され、おしつぶされ、見下され、道をはずれ、堕落し、さいなまれ、根絶やしにされたあれらすべてのもの、影も跡も残さずに。否定され、嘲弄され、軽蔑さ

燃えあがるようにして始まったのだ。ろくに知らないひとつの単語が、英語とドイツ語のふたつの単語の後に私をからかうように登場した、そして旅客みんなに向けられた歓迎の挨拶だったこの単語によって軽やかに洗浄が始まっていた、それは私自身の表層を洗うだけだったのに、あの腐食性というよりは粘着質の道徳から私は解放されていた。手術による切除は、いつも少しものものしいことになるが、私は洗剤ひとつで、この道徳が剝がれ落ちると思ってもよかった。内面には何もなかった。それでも立ち上がり、飛行機の後部に大便をしに行った。三千年にわたって生き続けた孤独な寄生虫を排泄してしまいたかった。ほとんど即座に楽になっていた。この解放は無作法から始まったので万事順調に進むはずだった。縛めをほどかれた美学から始まり、荘重な道徳が溶解していった。私は禅について何も知らず、なぜこんな文を書いているのかもわからない。飛行機は夜のなかを飛び続けたが、私は疑わなかった、東京に着くとき自分は裸で、微笑み、敏捷で、一撃で最初の、そして二番目の税関吏の首をちょんぎることもできるし、かまわず放っておくこともできるだろう。

　小柄な日本の娘を見て、その娘が死ぬのではないかと思い、その死を願ったが、その娘に税関吏はまったく無関心だった。この娘の骨のかぼそいこと、顔のつくりのぺちゃんこなことは、まるで圧殺されることをそそのかしているように思えた。そもそもあのドイツの搭乗員の長靴の重さは、太腿や尻の肉づき、胴体の幅、首筋、まなざしの冷酷さと一体だった。

れ、虐待され、死体と化したあれらすべてのもの、そしてあれらすべてが、新たに呼吸し、立ち上がる。神は身内にかしずかれている。神は白人を放ってはおかず、彼らにしるしを送る。

「黒んぼにはうんざりする」（神々しい言葉）

「あいつを虫歯みたいに抜いてしまおう、そうすりゃ「シカゴの七人」ということになる」（失われた福音書の発見された一節）

――「こんなにかぼそいことは攻撃と化して弾圧をよびよせる」

私はおそらくこのことを別の形で思い浮かべていたのであり、収容所で骨と皮になった全裸の、あるいは半裸のユダヤ人のイメージが頭をよぎったかもしれない。そこで彼らの非力さは挑発となった。

――「こんなにもろく、おしつぶされた外見は、まるで圧殺されることを祈っているようなもの。彼女が圧殺されたところで誰がそれを知りましょう。私たち生きた日本人はすでに一億をこえています」

彼女は死人ではなく、彼女は日本語を話した。

2

Rouge

les sept plaies d'Égypte, les sept sages de la Grèce, les sept péchés capitaux, les sept merveilles du monde, les sept notes de la gamme, les sept couleurs du prisme, la vierge aux sept poignards, les sept couchers de soleil, les sept anges et les sept lions, les sept de Chicago qui

ils étaient huit, mais le huitième étant noir le était donc 7

Un procès eut lieu à Chicago. Sept américains blancs révolutionnaires et un compagnon devant un juge blanc. Les blancs remis en liberté. Leur procès porta le titre "les sept de Chicago". Avec la même répulsion que provoque le blanc il rejeta du groupe le noir qui en faisait partie, le chiffre sacré étant sauvé.

Le sept japonais

(2

entendu par la voix flexible d'une jeune fille avait commencé l'opération. Ce qui me paraît aussi étonnant c'est que dans mes luttes passées j'aurais été incapable de découvrir, en l'inventant ou en apprenant le japonais, ce mot simple, un peu amusant, dont le sens banal m'échappait encore. Surpris par le pouvoir de purification, par le pouvoir médicinal d'un simple mot lu en transparence j'étais très intrigué. Un peu plus tard il me sembla que "Sayonara" — le son "r" n'existe pas en japonais, le mot était prononcé comme ceci : "Sayonala" — était sur mon corps malheureux — malheureux car il avait soutenu un siège désespéré contre cette morale judéo-chrétienne — la première touche de ouate qui allait me démaquiller tout à fait, selon que je l'ai déjà dit me laisser blanc et nu. Cette délivrance que j'avais supposée longue, lente, harassante, en profondeur ce qui veut dire menée comme avec un scalpel, commençait par une sorte de jeu — un mot, peu connu, posé par malice après des mots anglais - allemands, et ce mot, salut de bienvenue qui s'adressait à tous les passagers fut le léger début d'un nettoyage qui ne porterait que sur la surface de moi-même, pourtant me délivrerait de cette morale plus gluante que corrosive. Plutôt que par une intervention chirurgicale, toujours un peu solennelle, j'aurais dû penser qu'elle se déferait grâce à un savon décapant. Rien n'était intérieur. Je me levai pourtant afin d'aller chier à l'arrière de l'avion, espérant me libérer d'un vers solitaire long de trois mille ans. Le soulagement fut presqu'immédiat : tout s'avérait bien puisque la délivrance commençait par une nasarde à la bienséance. À partir d'une esthétique déliée se dissolvait une morale pesante. J'ignorais le Zen et j'ignore pourquoi j'écris cette phrase. L'avion continuait dans la nuit, mais je ne doutais pas qu'en arrivant à Tokyo je serais nu, souriant, prompt, capable de décapiter d'un coup le premier, le second douanier ou de m'en foutre.

les sept portes de Thèbes, les sept contre Thèbes, les sept collines de Rome, le candélabre à sept branches, sept tribus d'Israël, sept nains, sept petits pains, sept petits cochons, sept guillotines [illegible], sept tours de piste, sept mercenaires où se cachent sept samouraïs, sept échos où la lande et tout ce qui fut rejeté, balayé, écrasé, puis de haut, détruit, dérogé, dévoré, anéanti, dont il ne reste ni la trace ni l'ombre ; et tout ce qui fut nié, ridiculisé, méprisé, chié, cadavérisé et tout ça respire à nouveau, se redresse, Dieu est parmi les siens. Il ne laissera pas les blancs sans leur envoyer son signe.

"Le nègre nous commande (parole divine)

"Qu'on l'accable comme une dent gâtée, et ses amis les "sept de Chicago".

(fragment retrouvé d'un Évangile perdu)

Noir

(1

La petite fille japonaise dont j'avais craint et espéré la mort ne fut pas même regardée par les douaniers

Il m'avait semblé que la fragilité de ses os, le fait que les traits de son visage étaient déjà écrasés, que cela était une provocation appelant l'écrasement. Du reste, la lourdeur des bottes de l'équipage allemand s'était [illegible] avec la musculature de la cuisse et de la fesse, avec l'ampleur du torse, la tendresse du cou, la dureté du regard.

— "Tant de fragilité est une agression qui exige une répression"

Je me dis cela probablement sous une autre forme mais on peut supposer que je fus traversé par des images de juifs nus ou presque nus, déchamés

五年にわたって囚人のおくる無抵抗の隠遁生活、役人や司法官にではなく、みずからが宿命と呼ぶものの厳格な決定に服従することになる。この宿命は、重罪院のもったいぶった珍妙な人物たちを通じて表現されていた。重罪裁判は、囚人がそれに期待する程度に応じて権力を持ち、囚人たちは古めかしい永遠の型にはまった囚人になろうとし、弾劾を受け入れ、それを望み、狭い独房でじっとしたまま、世界を夢見つつ世界を仮構し、自慰を続けながら愛を仮構する。独房のなかで不動のまま、いちばん美貌の囚人は世界の中心軸に立っていた。独房のなかで不動のまま、たぶんその独房そのものが監獄の中心となる。それは彼がおそらくこの出口のない立方体と単調な生活を受け入れ、望んだからなのだ。彼については、スイス製であってもそうでなくても腕時計について、羅針盤について、影の日時計について語るように語らなければならない。牢獄の言葉で「正午をさしていた」というのは、男が勃起していることを意味し、臍のほうに直立した彼の性器は、時を、あるいは北をさしている――日時計の柱が影に隠れているとき、私たちはキリスト生誕の正確な時を計測しようとする律法博士やキリスト教神学者の立場にある、それは冬の夜に起きたことといわれてきたが、当時の日時計ではわからなかった――この日時計の柱は光を受けとり、まだ未知の天体のおかげで、その影を投影していた。なぜなら天体の一覧表はまだ完全ではないからだ。まっすぐ立ち、あるいは横たわっても、彼は自分の体と性器を立てたまま、体も性器も独房のなかで窮屈なままで、最後に独房は棺になってしまった。彼と彼の性器のまわりに宇宙が誕生したが、それは異なる軸のまわりを回っている。

　立ったままじっとして、自分がただの囚人でしかなくなるように注意を払った。彼がいつも午前午後の零時をさしたままだと、時間を狂わせ妨害してしまうことになる。

　日本に飛ぶ泥棒は、どうやら他の泥棒に自分を結びつけている感情や追憶をきっぱり振り払うことができない。他の泥棒は少しも動かず、立方体の独房のまんなかで泥棒という自分の宿命を生き続ける。この監獄はいちばん早い飛行機よりもすばやく移動する。世界の中心軸の果たす役割については、何も明確に決定で

　西側のふたつの部分はなんとか隠しおおせた巣のなかでただ孵化を待望する卵を温めている。それぞれの巣が目の前の巣をにらみつけ、それぞれの卵が、流刑地で雁首同士がにらみあうようにすぐ前の卵をにらみつける。それにしても爆弾は炸裂するのか、しないのか。学者、軍人、政治家、芸術家、マニキュア師、未成年、彼らは使用されないままの物の悲哀になんと鈍感なのか。金槌、半月鎌、ナイフ……人間が鋳型、鋼鉄、石英など、なんにせよ重たいもの、よく切れるもので、そんなもの

郵便はがき

料金受取人払郵便

本郷支店承認

3967

差出有効期間
平成25年3月
1日まで

113-8790

東京都文京区
本郷5丁目32番21号
505

みすず書房営業部
行

通信欄

(ご意見・ご感想などお寄せください．小社ウェブサイトでご紹介させていただく場合がございます．あらかじめご了承ください．)

読者カード

みすず書房の本をご愛読いただき，まことにありがとうございます．

お求めいただいた書籍タイトル

ご購入書店は

・新刊をご案内する「パブリッシャーズ・レビュー　みすず書房の本棚」（年 4 回 3 月・6 月・9 月・12 月刊，無料）をご希望の方にお送りいたします．

（希望する／希望しない）

★ご希望の方は下の「ご住所」欄も必ず記入してください．

・「みすず書房図書目録」最新版をご希望の方にお送りいたします．

（希望する／希望しない）

★ご希望の方は下の「ご住所」欄も必ず記入してください．

新刊・イベントなどをご案内する「みすず書房ニュースレター」（Eメール配信・月 2 回）をご希望の方にお送りいたします．

（配信を希望する／希望しない）

★ご希望の方は下の「Eメール」欄も必ず記入してください．

よろしければご関心のジャンルをお知らせください．
（哲学・思想／宗教／心理／社会科学／社会ノンフィクション／教育／歴史／文学／芸術／自然科学／医学）

（ふりがな） お名前　　　　　様	〒
ご住所　　都・道・府・県　　市・区・郡	
電話　　（　　　　）	
Eメール	

ご記入いただいた個人情報は正当な目的のためにのみ使用いたします．

ありがとうございました．みすず書房ウェブサイト http://www.msz.co.jp では刊行書の詳細な書誌とともに，新刊，近刊，復刊，イベントなどさまざまなご案内を掲載しています．ご注文・問い合わせにもぜひご利用ください．

生殖技術

不妊治療と再生医療は社会に何をもたらすか

柘植あづみ

日本で生殖補助医療により生まれる子どもは約二万人、一年間に生まれる子どものおよそ二パーセントになる。生殖技術がもたらした最大の変化は、卵子を女性の身体から切り離したことだ。技術の進展は第三者の精子・卵子による受精や、代理出産を可能にした。さらに、二一世紀の医療として期待される再生医療研究のために、不妊治療の過程で生じた受精卵を研究利用する道筋がつけられた。

技術は今までできなかったことを可能にし、私たちに新たな問題を突きつける。精子や卵子の売買は是か非か。代理出産の報酬は何に対して支払われるのか。不妊の解決策は医療のみなのか。技術の問題は技術だけに留まるものではない。技術とは、社会の問題なのだ。

技術の方向性を定めるのは社会だ。ならば、どんな技術を求めるかは、私たちが考えて決めていけるはずだ。生殖技術の全体像を見渡し、論点と解決の糸口を鮮やかに照らし出す、画期的論考。

四六判　二八八頁　三三六〇円（税込）

カフカとの対話 手記と追想

《始まりの本》

グスタフ・ヤノーホ
吉田仙太郎訳　三谷研爾解説

「冷静は力の表現です。静けさによってまた力に達することができるのです。これが極性の法則です。静かな忍従は人を自由にします——たとえ処刑を前にしても」

著者ヤノーホは、十七歳という多感な年頃にカフカと出会った。以後、二人の間では、文学・音楽・美術、そして社会や歴史や人間をめぐる極私的会話が交わされる。「単なる個人を超えて働く私的宗教の偶像」と表わされているように、カフカの言葉は、物事の真実を指し示すものとして青年にはたらきかけてくるのだった。彼はカフカの発言を日記に書き留めずにはいられなかった。

カフカの死から数年の後、この「私のカフカ・ドキュメント」は追想記として刊行された。これを読んだカフカ最後の恋人ドーラは「私はこの書物のなかに、カフカに再会する思いがしました」と語ったという。刊行以来、カフカの言葉と姿態を伝える貴重な書として特別の位置にある作品、待望の新刊。

四六変型判　三八四頁　予価三九九〇円（税込）

最近の刊行書

——2012 年 10 月——

長田 弘
アメリカの心の歌—— expanded edition　2730 円

ジャン・ジュネ　宇野邦一訳
判 決　予 3990 円

ジョーン・W. スコット　李孝徳訳
ヴェールの政治学　3675 円

野間俊一
解離する生命　3570 円

佐々木幹郎
瓦礫の下から唄が聴こえる——山小屋便り　予 2940 円

＊＊＊

— 基本図書限定復刊 2012 年 10 月 —

過程と実在 1・2	A. N. ホワイトヘッド	平林康之訳	6300/5670 円
人間知性新論	G. W. ライプニッツ	米山優訳	7770 円
化学熱力学 1・2	I. プリゴジーヌ/R. デフェイ	妹尾学訳	各 4725 円
カルノー・熱機関の研究	S. カルノー	広重徹訳	3150 円
コペルニクス・天球回転論	コペルニクス	高橋憲一訳・解説	3990 円

＊＊＊

— 好評書評書籍・重版書籍 —

長い道	宮﨑かづゑ	重版 2520 円
ライファーズ 罪に向きあう	坂上香	2730 円
私の西洋美術巡礼	徐京植	重版 3150 円

＊＊＊

月刊みすず 2012 年 10 月号

映画の可能性としての足立正生・平沢剛／ラヤとリンシへ 下——西北ブータン紀行・ウゲン・ワンディ／新連載：医師の山歩き・山本太郎／連載：佐々木幹郎・保坂和志・辻由美・上村忠男 他　315 円（10 月 1 日発行）

みすず書房
http://www.msz.co.jp
東京都文京区本郷 5-32-21 〒 113-0033
TEL. 03-3814-0131（営業部）
FAX 03-3818-6435

表紙：ヨゼフ・チャペック　※表示価格はすべて税込価格（消費税 5%）です.

を製造したとき、それは釘を打ち、自分の指を打ちつけ、自分の雑草や他人の麦を刈り、板を割るためである。しかし短刀というものをつくった人間は、それをつくったときすでに殺人者または愛国者であり、自分の目的が何かわかっている。この短刀で人をあやめるのだ。殺人者は自分の充実した運命の星を仕上げる。喜びと悲しみで充実しているので、ためらい、後悔、臆病、先送りなどで中断されることも引き裂かれることもない。物は、まっしぐらに目的に向かった。それは用を足した。そうでなければ、役立たずで用途もなく、憂鬱に、解放のときを待つだけ、たぶん永遠に待つことになる。短刀を思いついた殺人者が実行犯にならないかぎりは、または手下に短刀を渡したり売ったりしないかぎりは。短刀がただイワシ缶を開けるのに使われるなら、その物の悲哀はやまない。たしかにいろんな目的がある。爪楊枝にされてしまったマッチ棒には威厳がない。だからといって核弾頭にどれほどの憎しみがこめられているわけでもない——そこでわれわれは現代的スタイルの弾頭を完成し——それでもなおこれに憎しみを託した。この憎しみが発散されると仮定しても、原爆は未使用のまま、ほとんど仮死状態のままだ。不毛なものとなった弾頭をわれわれは棄てはしないだろう。われわれは宣言しなければならない。われわれはそんな不毛なもの、憎しみに満ちたもの、大陸をこっぱみじんにしうるものを考えついたと。そしてほんとうの最

きなかったと思うほうがいい。この本に記録したいくつかの旅は、おもむろに監獄のまわりに円を繰り広げるが、その半径はしだいに大きくなり、あるいは突然ごく短くなり、円周を閉じて泥棒を閉じ込め、彼を監視し、同時に彼に代わって世界を駆けめぐり、彼をまじまじ見つめすぎて、たぶんそのイメージは消滅してしまい、泥棒はもっと厳しく監禁されることになるようだ。時差がわかれば、そのとき囚人はタオルに射精し、眠りにつくところだと知ることができる。事物の反映、出来事の混乱に対して敏感なら、別の泥棒にはわかる。正真正銘の監獄の当の場所で、模範的な囚人は警戒を怠らず目を光らせ、壁のむこうで流行っている遊びのせいで堕落しないようにするものだと。ヒジャーズ王国に服従するように自分の「宿命」に「服従する」ものは、なおも服従をせまられる。輝く太陽がほんとうに目をつぶすなら、瞼をふさぎ、頭をそむけ、体が影を求めるのを讃えなければならない。過敏な衛生的配慮のせいで、あらゆる水源や、影の地点や、泉などは台無しになる。おそらく信じるべ

終的目的とは、地下倉庫に何千ものやっかいな武器を格納することであり、それらはけっして武器たりえない。現実離れした分裂症的な武器なのだ。歳月もまた積み重なる。飛行機に運ばれて私はこれらの歳月から逃れられると信じていた。「さよなら」という言葉は、私たちがひとつの空間、ひとつの領土に入っていくことの証拠となった。そこの人々は、古いベドウィンの部族のろくに書き留められない法のことなど知らずに往来していた。この法は弾頭とその使用法の発見にとって決定的だった……それにしても神は？

きときがきた。犯罪者の身振りは革命的行動の前兆であり、もはやルシファーなどこの地上に現れはしない。
　道に迷ったもの、または疲れ果てたもの、またはこの物語をたどってみて、たんにひどく退屈したもの、おそらく世界は彼らがすっかり消えてしまうのを見たいだけなのか[4]。

Rouge

Vivre pendant cinq ans la vie recluse et sans révolte des prisonniers soumis [même] à l'administration et à la magistrature qui [illegible] décisions sévères de ce qu'ils nomment leur destin. Ce destin s'était exprimé par le moyen de personnages sentencieux et cocasses de la cour d'assises. Elle – la cour – avait un pouvoir à la mesure de ce que les prisonniers attendaient d'elles afin de devenir ~~[illegible]~~ prisonniers de style vieillot et éternel, acceptant la réprobation, la désirant, immobile dans une cellule étroite, inventant le monde ou le rêvant par l'amour ou se masturbant. Immobile dans sa cellule, le prisonnier le plus beau était bien le pivot du monde. Immobile dans sa cellule, elle-même peut-être au centre de la prison puisqu'il avait accepté peut-être voulu ce cube clos et sa vie monotone, il faut parler de lui comme on le ferait d'une montre, mince ou non, d'une boussole, d'un cadran ~~solaire~~ lilliputien. "Il marquait midi" dans le langage des prisons signifie qu'il bandait son sexe dressé vers son nombril marquerait l'heure ou le nord. Ou l'ombre, la tige de ce cadran solaire – nous sommes dans la situation des rabbins ou des théologiens chrétiens qui voudraient calculer l'heure exacte de la naissance du Christ dont il est répété qu'elle eut lieu une nuit d'hiver que les cadrans solaires de l'époque n'ont pas retenue – la tige de ce cadran solaire recevait la lumière et projetait son ombre grâce à un astre non répertorié car les numérations des astronomes sont incomplètes. Debout, ou même couché, il érigeait son corps et son sexe, l'un et l'autre à l'étroit dans une cellule qui finit par n'être qu'un cercueil. Autour de lui et de son sexe, ~~[illegible]~~ l'univers s'engendre et tourne mais selon des voies différentes.

Debout, immobile, attentif à n'être qu'un prisonnier, s'il marque toujours midi-minuit il désoriente, et il perd tout le temps.

Un voleur qui vole vers le Japon perd sans doute moins vite le départ des émotions et des souvenirs qui le liait à un autre voleur qui, sans bouger d'un poil, continue son destin de voleur au milieu d'une cellule cubique emportée plus vite que l'avion le plus rapide. Il est préférable de croire que rien ne fut jamais décidé clairement quant au rôle de pivot du monde. C'est peu à peu que les voyages décrits dans ce livre déroulaient autour de la prison des cercles aux rayons de plus en plus longs ou subitement très courts comme pour enfermer le voleur encore assis, de le broder en brodant une circonférence, de le [illegible] et en même temps de parvenir à sa place le monde, de le voir si fortement que peut-être les images en seraient effacées. Renseigné par le [illegible] horaire, il est possible de savoir qu'à cette heure le prisonnier [illegible] dans sa serviette-éponge, qu'il va s'endormir. Attentif au respect des choses, à la discrétion des événements, un autre voleur sait qu'en un lieu précis d'une prison nommée un exemplaire de prisonnier veille sur ses gardes, ses agents afin de n'être pas corrompu par les jeux de la mode au-delà des murs. "Soumis" à son "destin" comme un [illegible] ou bien demeure encore soumis. S'il est vrai qu'un éclatant soleil aveugle il faut admirer que la paupière sache se baisser, la tête se détourner, le corps chercher l'ombre. Une hygiène libérale saccage tous les points d'eau, les points d'ombre, les fontaines. Le temps est peut-être venu de croire que le vol criminel est la préfiguration de l'acte révolutionnaire, que nous ne pouvons plus jamais commettre [illegible] Lucifer.

L'égaré, ou le [illegible], ou l'homme simplement très las qui parcourt ce récit et le monde ne désire peut-être que le voir s'effacer !

3

noir →

Les ~~[illegible]~~ deux parts occidentales couvent dans ~~[illegible]~~ leurs nids bien ~~[illegible]~~ et mal cachés des œufs ~~[illegible]~~ qui ne demandent qu'à éclore. Chaque nid vise le nid d'en face, chaque œuf ~~un~~ l'œuf en face comme une bague un ~~nœud~~ vise un nœud. Et la bombe éclate ou pas ? Les savants, les militaires, les politiciens, les artistes, les mannequins, les moins de vingt ans, comme ils sont insensibles à la tristesse des objets inemployés. Le marteau, la faucille, le couteau, quand les hommes les eurent réalisés dans la forge, l'acier, le silex, dans n'importe quoi qui ~~est~~ lourd ou qui coupe ce fut pour planter un clou, pour se taper sur les doigts, faucher ~~l'~~ son herbe ou ~~[illegible]~~ le blé des autres, fendre une planche ; mais le poignard, l'homme qui le fit était déjà, le faisant, un assassin ou un patriote qui courait vers son but : le meurtre d'un autre homme par ce poignard. L'assassin accomplirait ~~un~~ l'acte plein, plein de joie et de tristesse, pas rompu, pas fêlé par l'indécision, le remords, la trouille ~~ou~~ ou la remise à bien plus tard. L'objet allait à sa fin cohérente : il servait. Sinon, restant sans emploi, sans fonction, ~~objet~~ mélancolique, attendant sa délivrance ~~il~~ il l'attendrait peut-être éternellement si l'assassin qui l'avait conçu n'était devenu le meurtrier ou s'il n'avait osé vendre ni donner le poignard à un homme de main. Et la tristesse de l'objet n'est pas rompue si ~~[illegible]~~ le poignard ~~[illegible]~~ ne sert qu'à ouvrir une boîte de sardine. Il y a fin et fin. ~~Une~~ L'allumette qui ne sert qu'à se curer les dents: (manque de dignité). Ce n'est pas qu'il y ait tellement de haine dans les ogives nucléaires – nous avons donné mis au point un ~~[illegible]~~ modèle style ogival – pourtant on y en a ~~mis~~ déposé. En supposant que cette haine s'évapore, les bombes demeurent, inemployées, et presque inanimées. Nous n'allons pas abandonner des ogives devenues stériles : il nous faudrait déclarer que nous les avons conçues stériles, ~~coupées du réel. Des armes schizophréniques~~ chargées de haine, capables de désintégrer des continents, et déclarer que le but vrai, définitif, était d'enfouir dans des silos des milliers d'armes onéreuses qui ne seraient

X jamais des armes ~~et les armes aussi s'attachaient~~ (coupées du réel. Des armes schizophréniques.) Je croyais les fuir parce que l'avion m'emportait. Le mot "Sayonara" était la preuve que nous allions entrer dans un espace, ou un territoire où les hommes se déplaçaient, ignorant les codes mal écrits ~~[illegible]~~ des vieilles tribus bédouines, déchiffrés par la découverte de l'ogive, de son mode d'emploi mais... oui mais dieu ?

どんな裁決も、闇雲に下される。もし言い渡される審判、下される判決さえも裁判官を青ざめさせ消耗させ、陪席裁判官の顔をひきつらせ、傍聴席を啞然とさせ、犯人をくつろがせるなら、自由と審判は、まるでもともと錯乱をはらんでいたようなものだ。痴呆が詩を書くように、わざわざ判決を考案するとは、なんたる仕業だろう！　身すぎ世すぎのために人を裁くことなどやめると決心する人物はどこに見つかるのか。いったいどんな人間が、法の裏舞台を去り、わざわざ判決の作文をしようとして困惑し青ざめてみせようというのか？　そのとき彼らは、邪悪な仕打ちをあまり念入りに準備するなら、それは演出となり、成功を妨げてしまうということを理解するかもしれない。匿名性に身を隠すとき、裁判官には、もはや自分の地位を示す職名しかない。裁判官に名前を呼ばれた犯罪者が起立する。犯罪者と裁判官は、対立し相補う生物学的な異様さを通じてたちまち結びつけられ、犯罪者は裁判官なしには存在することができない。どちらが影で、どちらが太陽なのか。偉大な犯罪者というものがたしかに存在した。

AまたはH、あるいはまったく別の文字で、もしかすると仏塔の形をした表意文字で、道徳的判決、諺、数字、陰茎によって、まるで無視されたように名づけられるが、爆弾のほうは、そんなに長く待ちぼうけてはいないだろう。それは身震いし苛立つだけで、すぐさまけりをつけるかわりに、人類を恐がらせることにしか役立たないのでどうにもやり場がない。もし物理学者の知性が数学者の知性に助

いて知っているのか。誰も。それでも爆撃に反対して行進した。ヒッピーたち、ヒッピーたち。あんたらは窮地を切り抜けた。ローマの昔話のように七人で、薄紫、青白、淡青色、朱色、薄緑色、濃赤色、レモン色のヴィロードの細長いズボンをはいていた。そのうち三人は裸足で、吐気がするほどきれいな足をしていた。他は黒い繻子のショートブーツ。私を落胆させようとしてか、帝国の失われた栄

の脅威に対する脅威ではなく、ペストを追い払い、千年王国の到来を避けるために仕組まれた中世の行列にすぎなかった。花に包まれた足の匂いとともに行列から甘美で愚かな、少し自慰めいた、穏やかで粗野な、間の抜けた爽快感が立ちのぼった。このとき誰ひとり、アメリカ人の勝利への意志が背後に、地下に隠れているとは想像もしなかった。微笑をふりまく、ほとんど非現実的なこの意志の後ろ

けられ、思いがけず運命的な公式に出会い、それを書き留め、Ａ〔原子〕またはＨ〔水素〕爆弾として書き留め、あるいはまったく別の文字で、もしかすると仏塔の形をした表意文字、便所の落書き、尻に生えた毛、無を意味する記号で、萎えた陰茎、ＬＳＤやＭＡＶ[5]といった略号で、片目、両目、ひとつの女陰、ふたつの女陰、その他お望みどおりのものによって指示するならば、使われない物体を相手にして、私たちにはまだ少しばかり勇気とあの慇懃さが必要になる。こうして爆弾はいつまでも使われない物体の悲哀に沈み自分を見失うこともなくなる。神は死に、私たちにそのことを伝えてくれた。神はくたびれて死んだのか。

まるで西洋中世のように歩いてイギリスを横断したばかりの行列は、トラファルガー広場のまわりでくたびれて解散する。爆撃に反対する行進、円柱を前にした停止。これは凱旋する軍隊や、飢えた行列とは反対の展開ではないか。そのなかの誰が、原子核物理学について、代数、化学、爆発、度重なる爆発、戦争、軽機関銃、戦車、拳銃、投石器、柔道の技について光を少し回復しようというのか、あんたらのシャツは大英帝国の旗を仕立てたものだったが、ベルトの留め金は銅製で、複雑な模様が刻んであり、ザックス元帥の軍隊に奉公した三人の祖先の、古いむかしの遺物か何かだったにちがいない。あんたらのズボンの前あきは、はちきれそうに重く、若い娘の乳房のように穏やかに堂々として、胴体は赤い巻き毛に覆われていた。あんたらの青い目の眼差しは野卑ではなかった。冷淡だったが、暗鬱だった。誰も知らないヒッピーだったあんたらは、ゆっくり、一風変わったリズムで歩かなければならない。さもないと肩まで伸びた美しい髪が、木靴を履いた田舎娘のように揺れてしまうからだ。あんたらのまわりは花だらけだった。ヒッピーたちよ！　七人の青年はたくましい殺し屋に変身し、颯爽とした太腿の歩みで、デモ行進の、すでにあいまいだった理性を掻き乱した。あんたらのせいで、いたるところに闇が広がった。あんたらは行進に疲れて膝ががくがくしている参加者たちを混乱させ途方にくれさせるためにやってきた。その行進[6]はもはや爆撃には、その下には、裏切りの観念が待ち伏せ開花しようとしていた。ヴェトナムに裏切り者がいることを希望しよう。花びらのような微笑をめくれば裏切り者が見つかる。勇気の裏側にも裏切り者が潜んでいる。確信をもって裏切ったのではないとしても、彼らは少なくとも七人のヒッピーを、つまり混沌をもたらした。爆弾？　私たちは別の超越を要求していた。それを手に入れた。それは黄色人、黒人、白人に恐怖をもたらし、ついには人々のあいだになんのちがいもなくなってしまうだろう。その意味では、この恐怖は神々しい。まさにパニックと呼ぶにふさわしい。萎れた花に覆われた長髪、果てしない沈黙、不安な空気、非情な空気、息のつまる空気、気絶してベンチにへたりこみ、足はびしょぬれになり、頭のなかまで風邪をひき、この不動の大旅行のため、あなたがたの体は汚い水にさらわれ、全身くたくたになり流されていく、あなたがたはなみはずれて賢く、不可解な小人たちのあいだを巧みに航海していく、いかなる疑いもなく疑う。オフェリアたち！　オフェリアたち！　オフ

ェリアたち！　オフェリアたち！　オフェリアたち！　疑惑の河の見えない水のなか、ことごとく萎れた花々に飾られ、花は三色菫でもキンセンカでもドライフラワーでもない。あなたがたは流れていく、安らぎのとき。しかしヒッピーたちよ、あんたらの萎れた草にまみれた髪の彼方には、死にかけて、まだ無邪気に生きているチェ・ゲバラの巻き毛……

すべての指にあなたの指輪を、
アルミニウムでできた無垢の指輪を、
　水爆反対のネックレスを
見せかけの放蕩、
熱帯植物の種で編んだネックレスを、
あなたの靴下、
あなたの貝殻のネックレス
あなたの曼荼羅-マンダロン
　晴れやかな笑いに欠けるあなた

九十歳のオフェリアたち、あなたがたの父親の黒い服、母親の青い瞼をつけなさい、そしてふりむかず出発しなさい。ゲバラの死と死に顔のもたらす骨皮の、せいぜいサイケデリックな夢想は、たしかに革命によって一掃される。彼は夢でその革命を起こそうとした。
オフェリアたち、礁湖の泥に浸かったあなたがたの足の指、オフェリアたち、オフェリアたち、オフェリアたち、オフェリアたち。

Toute décision est prise à l'aveuglette. Si même un jugement personnel, la sentence rendue laissaient les juges exsangues, exténués, leurs accesseurs décomposés, le public pantois et libre le criminel, liberté et jugement auraient eu comme racine le délire. Composer un jugement ou le même soir qu'un idiot compose un poème, quelle affaire ! Où se trouvent des hommes décidés à ne pas juger pour gagner sa croûte ? Quels hommes vont quitter les couloirs du droit pour s'égarer, s'étioler, dans la composition d'un jugement où ils risquent de comprendre que la préparation trop minutieuse d'un mauvais coup est une mise en scène qui empêche sa réussite ? Camouflé dans l'anonymat le juge ne porte que le titre de sa fonction. À l'appel de son nom par le juge le criminel se livre. Reliés sur le champ par une étrangeté biologique qui oppose mais complète le magistrat, le criminel ne peut être sans lui. Lequel est l'ombre et lequel le soleil ? On sait qu'il y eut de grands criminels.

A ou H, ou désignée, comme destinée, par cette autre lettre, par un idéogramme peut-être en forme de pagode, par une sentence morale, un proverbe, un chiffre, un chiffre, la bombe n'attendra plus très longtemps. Elle s'agite, elle s'énerve, inquiète de ne servir qu'à foutre les jetons aux hommes au lieu de s'installer sur le champ. Si l'intelligence des polytechniciens, appuyée par celle des algébristes a concentré patiemment la formule fatale et l'a retenue – retenue dans une bombe A ou H ou désignée par telle autre lettre, par un idéogramme en forme de pagode, des graffitis, des chiffres, un fait banal, un signe disant néant, par une lettre rudimentaire, le sigle de la SDN, le sigle M.A.S., par un œil, par deux œils, par un cœur, par deux cœurs, par ce que vous voudrez, il nous faut encore un peu de courage et cette contrainte à l'égard des objets inemployés, afin que la bombe ne s'égare pas à l'infini dans la tristesse des objets inemployés. Dieu est mort et nous l'a fait savoir. Serait-il mort de fatigue !

Cette procession, pareille à celle du moyen-âge occidental, qui vient de traverser à pied l'Angleterre, elle s'effondre de fatigue autour de Trafalgar Square : marche contre la bombe et assis devant la colonne. Cheminement inverse des légions victorieuses et des processions fanatiques ! Qui là-dedans connaît la physique nucléaire, l'algèbre, la chimie, une explosion, des explosions, la guerre, une mitraillette, un tank, un colt, une fronde, une prise de judo, personne. Mais ça marche contre la bombe. Hippies ! Hippies, vous sauvez la mise. Vous étiez sept comme dans les troupes romaines, vêtus de longs et étroits pantalons de velours mauve, bleu pâle, sang de bœuf, vert tendre, pervenche, citron. Trois d'entre vous étaient [illegible], de petits pieds [illegible], et les autres avaient les [illegible] de satin noir. Comme pour me décourager, pour restituer à l'Empire un peu de ce qu'il a perdu, vos chemises étaient taillées dans un drapeau britannique, mais la boucle de vos ceintures était en cuivre, et ni emblèmes d'ornement qui eussent été l'héritage de vos lointains ancêtres qui auraient servi dans le régiment d'un duc de Saxe. Vos braguettes étaient pleines et lourdes, aussi tranquillement installées que les seins des filles, et vos nez [illegible] de petits nez. Pas sauvage, le regard de vos yeux bleus, glacé, mais ténébreux. Hippies [illegible] des mondes plus lointains et on a autre rythme sinon vos belles chevelures sur vos épaules battant une cadence de folles de femmes en sabots. Des fleurs j'en ai vu partout autour de vous. Hippies ! gaillards taillés dans sept garçons, londoniens, le corps de vos amies tremblait la raison déjà absente de la manifestation. À cause de vous la nuit n'était pas partout. Vous étiez venus pour débroussailler, désorienter les manifestants usés jusqu'aux genoux par la marche qui n'était plus une menace contre la bombe menaçante, mais une procession médiévale entreprise pour conjurer la peste ou l'approche de l'an mil. Avec l'odeur des pinceaux fleuris il émanait d'elle une morale complaisante, idiote, un peu masturbatrice, doucement agaçante et stérile où personne n'aurait songé que derrière ni dessous soit une volonté de triomphe des Américains. Derrière et dessous, cette volonté souriante et presqu'invisible, se cachait, prête à éclore l'idée d'une trahison. Espérons qu'il y a des traîtres au Vietnam ; on pourrait les décevoir en effeuillant les sourires et le courage derrière lesquels ils se camouflent. S'ils n'apportaient une certitude la trahison, ils apportaient les sept hippies la confusion. La bombe ? Nous réclamions une autre transcendance ; nous l'avons. La peur qu'elle cause aux femmes, aux noirs, aux blancs finira par effacer nos différences. En ce sens elle est divine. Elle mérite le qualificatif de panique. Couverts de fleurs fanées, les cheveux longs, les longs rideaux, l'air inquiet, l'air impassible, l'air insaisissable, assis sur les banquettes écrasées, les pieds trempés, la cervelle enchantée, pour ce grand voyage immobile, vos corps emportés par une lente croisière, tout entiers à votre fatigue, vous vous laissez couler, superbement intelligents, naviguant sans adresse parmi les nébuleuses noires ; votre doute sans aucun doute. Ophélie ! Ophélie ! Ophélie ! Ophélie ! Ophélie ! dans l'eau invisible d'une douloureuse rivière, ornées de toutes les fleurs fanées sauf de la pensée, du souci et de l'immortelle, vos [illegible] et cela vous repose, mais il y a loin hippies, de vos cheveux d'herbes fanées, vos tresses encore vives et noires depuis sa mort, de Guevara...

Vos bagues à tous les doigts,
vos bagues innocentes, en aluminium,
vos colliers contre la bombe H,
vos similis-dévergondages,
vos colliers en graines d'arbres des tropiques,
vos clochettes,
vos colliers de coquillages
vos mandalas – mandalons
et vous l'absence d'un rire clair

Ophélies imaginaires, vestez les costumes noirs de vos pères, les pampilles blancs de vos mères, et partez définitivement.

Il est certain que la rêverie squelettique, au moins psychédélique que provoque la mort et le visage mort de Guevara serait fauchée par la révolution que son rêve espérait susciter.

Ophélies, vos doigts de pieds dans la boue du lagon, Ophélies, Ophélies, Ophélies, Ophélies.

すべては闇を背景にして生起するだろう。死のうとしている。この言葉があまりにも軽く、あまりにも無内容で、出来事があまりにも無意味なのにもかかわらず、死刑囚はただひとりで自分の人生の価値を決定したいと願う。この人生は闇に溶けてしまうが死刑囚はその闇を照らすのではなく、ますます厚くする――

窃盗！

窃盗そして懲罰、監獄で来る日も来る日もたった一冊の本を書くのと同時に、彼は判決を書いたのだが、ここの外側の滑稽で悲劇的な古着をまとった司法官によってそれは軽々しく口にされた。法はまさに正体をあらわにしなければならなかった。偶然のとばっちりと受けとめられる派手な錯乱にほかならない何か、そのかすかに聞こえるささやき、法とはかすかに聞こえるその錯乱の残り滓にすぎず、理性などではない。くたびれ、うんざりし、衰弱し、ますますあいまいになり、法廷は思い知るにちがいない。このあいまいさ、この見えがたさは理性なんかではないことを。いかめしい皺も、よれよれの古着も、解脱なんかではない。仮にもしそうだとしても、判決の中身は同じ凹凸、偶然の一目瞭然のとばっちりにすぎない。判決は、ラテン語の引用という富が潰走し崩壊したあとにも、まだ威力を持つ言葉をあやつる法学者によって、財産の守護者たる法学者によって入念に仕上げられる。そして判決が判事の脳髄にひらめいたとき、それは法の、あいまい極まる形式の条文に閉じこめられ、ついにはちんぷんかんぷんな言葉で発音され、法は非現実の恐ろしいものになるが、はたしてこの判決はそれで十全な表現になりえただろうか。——つまりあんなにも深刻に、**苦しみぬいて、受刑者が何年ものあいだ来る日も来る日も、一瞬一瞬、数多の監獄の独房、中庭、廊下の長方形の間取りのなかでそれを書いたのでなければ。**

彼は司法官と連帯するだろう。刑の執行は、出席の署名〔花押（かおう）〕[7]のようなもの。彼自身が浮き彫りに刻んだ署名、あるいはまた浮き彫りになった偶然のとばっちり。この簡略な署名がなければ、判決に意味はなかった。

それを別の語で、あるいは同じ語でも別の文で繰り返さなければならない。「彼は自分の懲罰を完結しなければならない」。有罪者の懲罰を。裁判官はまだ生々しい言葉を用いて懲罰を表現する。その言葉は古い異端の書から盗まれ、拷問を実行するために工夫されたものだ。司法官は闇を背にしてふるまうのだが、はっきりさせておこう。この闇、この暗黒を、彼はますます厚く、不透明にする。というのも判決を形づくる言葉は、あの壮麗な「太古の夜」からもぎ取られて司法官の脳髄にひらめいたもので、あの「夜」なしにはありえなかった。嫉妬をこめてこう書いてもいい。この財産の守護人たちが監視している言葉と表現は、そんな闇からもぎ取られて、もう少しだけ生きのび、彼らの任務とはその闇をなお厚くすることである。受刑者の盗みについていえば、彼の手が品物に触れるとき、その役割とはその品物を冒瀆することだった、彼は財産をますます聖化しようとして冒瀆を望んだのか、そうして自分を人間から遠ざけ、神に近づける懲罰を願ったのか。

Tout aura lieu sur fond de nuit : sur le point de mourir, malgré le peu de poids de ces mots, leur peu de substance, le peu d'importance de l'événement, le condamné voudrait encore décider seul du sens de ce que fut sa vie — écrite sur fond de nuit qu'il voulait épaissir non illuminer —

VOLS !

Vols et sanctions, la prison où il écrivait jour après jour, en même temps qu'un seul livre convexe une sentence qui fut trop légèrement prononcée par des magistrats hors d'ici, d'une friperie bouffonne et tragique. Que le droit en soit arrivé à ce qu'il est : murmure à peine audible de ce qui furent délires fastueux, acceptés comme éclaboussure du hasard, le droit, résidu d'un délire à peine audible n'est pas la raison. Fatigué, lassé, exténué, de plus en plus imprécis le tribunal doit savoir que cette imprécision, cette presque invisibilité ne sont pas la raison. L'austérité de ses rites et l'usure de la friperie ne sont pas le détachement. Le serait-elle, la sentence aurait le même relief, éclaboussure visible du hasard. Aurait-elle été pleinement exprimée, cette sentence, élaborée par des légistes disposant de mots restés encore vifs après la débâcle de la torture et l'effondrement des citations latines, des légistes gardes des biens, puis, la sentence enfermée dans les alinéas d'un code, d'une forme assez floue quand elle parvient à la cervelle des juges, enfin prononcée dans un charabia qui la rendait irréelle et terrible — donc, si, gravement,

en capitales

d'une façon douloureuse, et pendant des années, le condamné ne l'avait écrite, jour après jour et à chaque seconde, dans les dispositions rectangulaires des cellules, des cours, des corridors, de beaucoup de prisons ?

Il aura collaboré avec la magistrature ; l'exécution de sa peine n'étant que le paraphe de la sentence, paraphe apposé par lui-même, en relief, ou si l'on veut, éclaboussure en relief du hasard, paraphe sans lequel la sentence fût restée nulle.

Cela doit être répété avec d'autres mots, ou les mêmes dans d'autres phrases. "Il doit accomplir sa peine". Celle du condamné. Le magistrat indique une peine, nourrie de mots encore vifs, arrachés à d'anciens grimoires, inutiles par l'application de la torture. Le magistrat opère sur fond de nuit mais précisons : cette nuit, ces ténèbres, il doit les rendre plus épaisses, plus opaques puisqu'en aucune façon les mots composant la sentence ne peuvent arriver à la cervelle des magistrats autrement qu'arrachés à la célèbre "immémoriale nuit". Ces gardes des biens veillent, on peut écrire jalousement sur les mots et sur les formules qui survivent encore un peu, arrachés d'une nuit qu'ils sont chargés d'épaissir. Quant aux vols du condamné, sa main, se posant sur les objets, sa fonction était de les profaner. Voulait-il la profanation afin d'exalter la sacralisation des biens et au-delà rechercher une peine qui l'éloignerait

それらはただの言葉なのだ。拷問の道具について語ろう。それには使い道がある。拷問し、口を割らせること。しかし他にもある。ただ描写するのではなく、闇を背景にして懲罰を告げる言葉によって道具は定義される。判事は、財産の守護者としてその言葉を独占する。自分の署名する判決によって懲罰を受け、泥棒は聖なる品物に手を出したと思い込んだが、それは自分のものにするためではなかった。彼が死ぬときあとに残るもの、ずっと彼につきまとうもの、それはもう彼のものではなく、これまでもけっして彼のものでも誰のものでもなかった。拷問の問題に立ち戻るがいい。判決はそれから生まれた。拷問具は、警察の監視する博物館にまだ積み重ねてある。そういう拷問具が、宣告される刑のきっかけだったならば、受刑者は、向こう見ずな奴でもそうでなくても、判事たちと共謀したわけだ。

それを別の語で、あるいは同じ語でも別の文で繰り返さなければならない。そしてすべてが闇を背景に起きたことだとしても、泥棒が財産に手をつけるのは、その闇を否定するためではない。彼は聖なるものを手に入れて豊かになろうとした。財産は不可触で、法律、警察、判決で武装した判事たちによって守られていた。こうして財産の守護者たる司法官によって下された判決文の下に泥棒が記す最後の署名よりも以前に——署名はけっして最後ではない——互いの間に単純な共謀が存在した。しかしながら断絶があった。一方で法の行為は終結している。他方では拷問の装置から始まり、手続きおよび掟となるべきものが起動し始める。それは知られざる中世のラテン語で巧みに偽装されている。この性急な偽装されたラテン語に加えて、すばやく着込んだ穴だらけ、つぎはぎだらけの衣装で、司法官は貧しくとも自分の威厳を信じさせようとする。告解に来る信徒は長ズボンをはき、どもるものだ。泥棒もそうだ。地獄の闇あるいは蠟燭に照らされる拷問部屋に劣らず濃密な闇から、神父の口から、そして司法官の口から、隠然たる判決が飛び出す。その判決を、受刑者あるいは罪びとは、数珠をつまぐるロザリオの祈りの形式で、あるいは監獄の独房、中庭、廊下のどこかで書かねばならない。地獄や拷問部屋の溶鉱炉では、たえず新しい発明品や名器の類が仕上げられる。ここでもあちらでも瀆神をおこなうには、聖なる服従が必要になる。そのあとには温情に満ちた尋問、そしておそらく解放。しかし蝦夷鼬の毛皮で、また白いレースで飾られたあの黒い法衣の襞とともに、道具は洗練され、警句や条文はすでに歌い上げられ、審問の前文が示される。はたして犯人は答えるのだろうか。それにしてもどんなふうに。

　それを別の語で、あるいは同じ語でも別の文で繰り返さなければならない。ひとつの判決は、ささやかれる言葉で、またはけたたましい言葉で口にされる。来る日も来る日も、一瞬一瞬書かれるが、それが言われた場所で書かれるのではない。数分で言い渡され、すみやかに忘れられるが、何ヵ月も、ときには何年も書かれる。なんらかの違反や犯罪が判決を招き寄せるとき、われわれの国々では、勤勉でまったく陳腐な学派が施設を工夫し、言葉がよく響くように、会話や散歩のことなども考え、パリには中央に広場のある建物、ブリュッセルやローマには周歩廊の空間をつくった。そこにはモスクワ大学にあるような堂々たる装飾がほどこしてある。それらは刑法や犯罪者に似て精妙さに欠け、仰々しく、そこで判決は式服をまとって発声され朗唱される。威圧的な裁判所の中央で朗唱され、うなられる。まず聖なる礼拝堂（サント・シャペル）全体を占拠して台無しにする、そこには聖なる茨の冠が保管されているはずなのに。こうして人を震撼し夢想させる棘の痛みを忘れない繊細な神経もなべておしつぶされ、罪のただなかにあるはずの震えもおしつぶされた。

des hommes et le rapprocherait de dieu. Ce sont des mots. Parlons des instruments de torture. Ils avaient une fonction : torturer, provoquer l'aveu ; mais encore celui-ci : être défini par des mots qui ne sont pas seulement descriptifs mais porteurs d'une condamnation au fond de nuit, et dont les juges, gardes des biens, vont s'emparer. Sanctionné par la sentence qu'il va parapher, le voleur croyait avoir fait main basse sur des biens sacrés, et ce ne fut pas pour s'en approprier. Ce qui à sa mort va rester, ce qui lui colle à jamais ce n'est déjà plus à lui, cela n'a jamais été à lui ni à personne. Reprenons le problème de la torture d'où sont nées les sentences : les instruments sont encore amassés dans un musée surveillé par la police. Si la torture instrumentale fut à l'origine de la sentence prononcée, culotté ou non, le condamné aura collaboré avec les juges.

Cela doit être répété avec d'autres mots, ou les mêmes, dans d'autres phrases, et même si tout eut lieu sur fond de nuit, ce ne fut pas pour la nier que le voleur fit main-basse sur la propriété. Il voulait, s'enrichir du sacré. Intouchables, les biens étaient gardés par les juges armés de leurs codes, de leurs polices, de leurs sentences. Aussi, bien avant le paraphe définitif — jamais définitif — dessiné par le voleur au pied de la sentence prononcée par le magistrat gardien des biens, la collaboration unissait l'un à l'autre dans sa simplicité. Pourtant, rupture : d'un côté un acte est accompli ; de l'autre, à partir des instruments de torture, s'[élabore] ce qui deviendra, habilement habillé d'inconnus vocables latins, formules et codes. Par latin dissimulé mais aussi par des robes vite enfilées, trouées et rapiécées afin de laisser croire que la magistrature est pauvre mais digne. Le [fidèle] à confesse se vêt de pantalon et [illegible] : le voleur aussi. Soit de la nuit infernale ou de la nuit aussi épaisse de la chambre de torture éclairée par un cierge, de la bouche des prêtres et de celle des magistrats vont sortir d'obscures sentences que le condamné ou le pécheur devront écrire sous forme d'un rosaire égrené ou dans le parcours des cellules, des cours, des corridors d'une prison. Dans celles de l'enfer comme dans les forges de la chambre de tortures, des tenailles, [illegible] d'instruments, toujours nouveaux sont mis au point. Ici et là afin qu'il y ait profanation une soumission sacrée sera nécessaire. Après, interrogatoires paternels et liberté peut-être. Mais ces robes noires, ornées l'une d'hermine l'autre de dentelles blanches, c'est dans leurs plis que s'élaborent les instruments où chantent déjà les formules, les articles, et que se pose le préambule de la question. Le criminel va-t-il répondre ? Et comment ?

Cela doit être répété avec d'autres mots, ou les mêmes dans d'autres phrases. Une sentence est prononcée avec des paroles murmurées ou claironnées, elle est écrite jour après jour et à chaque seconde, non où elle fut dite. Prononcée en quelques minutes et vite oubliée, écrite durant des mois et quelquefois des années. Qu'un délit ou un crime appellent une sentence, dans nos pays, une école, laborieuse et assez triviale assujettie à un ensemble architectural, bien choisi pour la parole mais aussi pour les conversations et les promenades — la Salle des Pas-perdus, à Paris, les espaces déambulatoires de Bruxelles et de Rome, ornés des motifs triomphaux qui rappellent ceux de l'Université de Moscou — aussi peu subtil que le code pénal et le criminel, pompeux, où la sentence est prononcée, récitée sous la toge, récitée ou grognée au centre de l'écrasant Palais de Justice, écrasant d'abord toute Sainte Chapelle qui s'y trouve prise où se trouverait prise et gardée la sainte-épine. Ainsi toute délicatesse couvrant une échelle

「唐突に変身して」とか「むら気で」とか人がいうのは、蜘蛛の巣のように軽い文章が読みがたいときである。それを詮索しようとしても、それは消えかけている。どんな存在も、存在から孤立し浮き立つことがないように。アメリカにおけるアフリカ黒人の反乱に注意をむけるなら、一六一九年、ジェームズタウンに強制的に連れてこられた最初のアフリカ人奴隷から、「国の観念」に近い何かがたえず固まり形をとり、差異への意志が結晶してきたようだ。その意志は数年来、炸裂しようとし、同時に自己を明確にし、抵抗しようとした。二重に厚い二重の闇が、アメリカの黒人を暗くしてきた。部族に生まれ、ついでアメリカの海岸で生まれたという二重の不確定な出自にかきたてられるあの暗黒は、大いなる混迷の原

白人が白人に向かって下す判決は、なんの理性においても正当化されなかった。とりわけ判決の内容を何も正当化することはできなかった。つまり一見単純な強姦のような行為がどうして質から量に、つまり懲役何ヵ月に転換されるのか。何を基準に数えるというのか。もし自分自身を裏切らないとすれば、黒人は彼に敵対する西洋の道徳や世界観を受け入れるべきではない。白人が優越的価値の所有者であることを証明するものは何もない。そしてもし反対なら？たぶん黒人との戦い、彼らによる彼らのための容赦のない戦いの果てでしか、私たちにはわからないだろう。なぜなら彼らがまだ奴隷状態にあり、主人の道徳を手に入れようとはせず、ただ無視の状態にけりをつけようとしているのは、あまりにも明白だからだ。

都市、郡の中心地の誇り高い記念建造物を必要とした。懲罰が完結にむかう第一歩のためにも、また判決が言い渡された後、独房、中庭、廊下の間で、何ヵ月、ときには何年もの間、来る日も来る日も、一瞬一瞬、闇を背景に判決が書き込まれる場所が必要だった。裁判所の儀礼とはみじめなものだ。偶然の戯れは哀れな舞台装置にきりつめられる。ラテン語は廃れ、じつにむごたらしい中傷の集中砲火にかわってしまった。その結果、ときには理性があらゆる審判の根拠でありえたなどと誰も考えられなくなった。判事の権威がどこからやってくるのかもさっぱり見えない。司法官の口から空理空論が音楽にのり、罵声の奔流に、互いに押し合いへし合いする罵声の射撃にのり、怒りに燃えて飛び出すかわりに、尋問が行われるのを望んでも、混乱した精神はもはや自問するすべもなく、司法官の権威になんらかの根拠を見いだすすべもあるまい。こんな文言を聞けば、司法官がたえず口にする審判の神託めいた相貌が明らかになるのが、わかる人にはわかるだろう。正義に対して受刑者は正義から受け取ったものを

因である。
いまもむかしも彼らの連帯を形づくるのは皮膚の色ではなく、数世紀にわたる軽蔑と無視の共有された記憶である。白人の青い目にとって、黒いことはすでに有罪である。こんなに原始的な断罪から始めたので、もはや白人は過誤にはさまざまな段階があるという道徳をつくりあげることができない。あらゆる道徳は白人の道徳の模写でしかなかったが、この道徳は、黒いという事実によってもともと存在しないも同然なのだ。

建築家は元来、通りすがりの現場になんらかの審判を下し言い渡したものだ。こうして刑事裁判所は判決を述べる場所となった。判決はわけのわからない言葉でぞんざいにこしらえて繰り返され、判事がそこいらで深刻な敗北を蒙ったりはしないことを、この言葉は示し定めていた。判決の言い渡しは厳粛なもので、国家、

送り返す。犯罪や不法行為が理性を逃れるとすれば、それらの持続である判決は、非理性的なことを続けている。裁きを下すこと。聖ルイ王はハシバミではなく樫の木の下で裁きを下した。彼はチュニジアでペストにかかって死んだ。そこで最初のイスラム教が出現する。

　それを別の語で、あるいは同じ語でも別の文で繰り返さなければならない。

イスラム教徒の寛衣、ヴェール、モスリンを忘れまい。戦士はその下に長靴、鋼鉄の拍車をはいている。性器も太陽も同じ金属製だ。イスラムの寛衣を心に留めよ。西洋が衝突した豊穣な三日月を。神とじかにかかわり、撃退され、やり込められた民、イスラム教徒は、それでも審問の主君たちの帝国を包囲していた。

ただ神に見つめられ砂漠に生きるなら、何をしようとも、ひとりの人間はそんなふうに生きたことに責めを負うことになる。人々が神に反して結束し生きるところでは、彼らを形成し解体するのはひとつの秩序である。それが全員を支配するなら、それは各人に対して責任を負う。おそらく全員がその秩序に対して責任を負い、それに依存し、それは布告し、立法し、教育し、整理し、教示する。何を教示するというのか。もろもろの価値と秩序を。秩序とは超越であり、それは承認するほかないものだ。たったひとりが法を侵犯するとき、秩序は躓いたところなのだ。神に見つめられてただひとり砂漠に生きるなら、彼は責めを負う。当然ながら西洋の法衣を纏った身体は大慌てする！　誰が判決を言い渡すのか。どこで言えば、唱えればいいのか。誰が、どの言葉で考えるのか。誰が断罪されるのか。たえず口に出されるあらゆる言い回し、ラテン語や笑うべきフランス語を使って法の条文とページのなかに閉じこめられたこれらの言い回しの起源は、そもそも拷問道具、責め苦のなかにある。そして判決とは……〔欠落か〕べきではないか？

rouge

Par "intuitions bouges", par instinct, voilà ce qu'on dit quand on ne sait pas lire l'écriture machiavélienne qui semble disparaître quand on la recherche afin qu'aucun être ne soit isolé, détaché de l'être. Les premiers esclaves africains débarqués de force et [illegible] en 1619. On l'a dit attentif aux révoltes des Noirs africains en Amérique. Il semble que quelque chose, produit d'une "idée de nation" ou connaît la prendre conscience, fermée, volonté de différence jusqu'au [illegible] afin d'éclater en même temps qu'à se définir et à s'opposer depuis quelques années. Une belle nuit, [illegible] dormait les Noirs américains. Les émeutes, provoquées par une double raison hasardeuse, dans la ville, écrite sur la côte américaine sont la cause d'un immense bizarre. Aujourd'hui (noir) autrefois ce n'est pas la couleur de leur peau qui crée leur solidarité mais la mémoire commune des siècles de mépris et d'invisibilité. Aux yeux bleus des Blancs, être noir les condamne. À partir de cette condamnation primordiale, les Blancs ne peuvent plus élaborer de morale où les fautes seraient graduées. Toute morale ne pouvait être calquée que sur la morale des Blancs, mais cette morale est originairement [illegible] par le fait d'être noir.

"Rien ne prouvant en raison justifiée les sentences prononcées par les Blancs contre les Blancs, rien surtout ne prouvant en raison justifiée l'énoncé de sentences — à savoir comment un acte apparemment simple, le viol, passera du qualitatif au quantitatif d'un nombre de mois de prison. Calculé à partir de quoi ?

S'il est absurde en lui-même, aucun Noir ne doit accepter la morale ni la vision occidentale, morale contre lui. Rien n'indique que les Blancs aient les détenteurs de valeurs supérieures. Et si c'était l'inverse ? Nous ne le saurions peut-être qu'au terme d'une lutte menée par les Noirs, pour eux et pour eux, car il est trop évident qu'ils sont encore en esclavage, et qu'ils veulent, sans s'approprier la morale des maîtres, quitter l'invisibilité.

Town [?]

noir

vient l'autorité du juge, mais si l'on voulait que l'interrogation ne fut jamais posée au lieu d'arguties qui sortent furibondes de la bouche des magistrats, on une musique, un torrent d'insultes, une bordée d'insultes si serrées, pressées les unes contre les autres, que l'esprit désorienté n'aurait plus aucun moyen de s'interroger, aucun moyen de rechercher quelques bases de l'autorité des magistrats. Comprenne qui pourra que de telles phrases révèlent les sous l'oraculaire relief des jugements que les magistrats ne cessent de prononcer : à la Justice le condamné remis à ce qui lui vient d'elle. Si le crime ou le délit échappe à la raison, leur continuation : la sentence continue l'irrationnel. Rendre la justice ! Saint-Louis la rendait sous un chêne, pas un rôtisserie [?]. Il mourut de la peste à Tunis. Première apparition ici, de l'Islam.

Cela doit être répété avec d'autres mots, ou les mêmes, dans d'autres phrases.

qui fait trembler et rêver, un frémissement qui se trouverait au centre du crime : un architecte est à l'origine qui passa et prononça un jugement afin que les chambres criminelles permettent des sentences, vaguement élaborées mais répétées dans un charabia marquant et indiquant que la profonde défaite des juges et n'aura pas lieu n'importe où. La solennité de l'énoncé d'une sentence exigeait un monument orgueil de la nation, de la ville, du chef-lieu de canton. Il le fallait aussi pour les premiers pas de l'accomplissement de la peine, et au lieu où la sentence après avoir été dite, s'écrivit au fond de nuit, parmi les cellules, cours, couloirs, et durant des mois, parfois des années, jour après jour, seconde après seconde. Le cérémonial est pauvre au palais. Les jeux de hasard se réduisent à une scénographie piteuse. Puisque le latin cédait, il fallait le remplacer par des salves d'injures si atroces qu'elles ne permettraient pas de penser que la raison pût un jour être la base de tous jugements. Personne n'entendit encore, d'ou[illegible]

N'oublions pas la robe et les voiles, les mousselines de l'Islam, sous lesquels les guerriers sont bottés, éperons d'acier — étoilés du même métal. Retenons l'Islam — par ses robes, croissant fertile où se cogne l'Occident, où, peuple bousculé, désarçonné, le rapport direct avec Dieu, Islam délimitant l'empire des seigneurs de la question,

S'il est dans le désert sous les seuls regards de Dieu, quoiqu'il ait fait un homme est coupable de l'avoir fait. Où les hommes vivent ensemble, malgré Dieu, c'est un ordre qui les forme et les déforme. Qu'il domine tous les hommes il est responsable de chaque homme. Tous sans doute sont responsables de l'ordre mais dépendant de lui qui décrète, légifère, éduque, ordonne, enseigne. Enseigne quoi ? Les valeurs et l'ordre. L'ordre est une transcendance qu'on ne peut que reconnaître. Qu'un seul homme transgresse ses lois, l'ordre vient de faire un faux-pas : il est coupable, à son tour vivant seul dans le désert sous le regard de Dieu. Il faut admettre que les corps vêtus de robes en Occident, s'effilent ! Qui dira la sentence ? Où sera-t-elle dite — ou récitée ? Pensée par qui et dans quelle langue ? Qui sera condamné ? Toutes les formules qui ne cessent d'être prononcées celles qui sont enfermées dans les alinéas et les pages d'un code, par le moyen du latin ou d'un français risible, ces formules ont-elles leur origine ailleurs que dans les instruments de torture, dans les supplices, et la sentence ne doit-elle

拷問のためのあらゆる手段が、審問を養うあらゆるものが配置された場所で、判決は言い渡されるだろう。しかし正義を実現するために用いた道具類は、装飾やこけおどしになってはならない。つまり法廷のあらゆる場所でそれは公開されるだろう。なぜなら司法官と被告は、尋問が、どんな拷問具とともに行われたか、明晰な用語で判決が言い渡されるために、空間ではなく時間においてどんな手続きを経たのか知っているべきだからだ。しかも判決の用語は脆弱で、車輪や、足枷や、金槌や、鉄棒や、溶けた鉛や、磔刑を使ったむかしの権力がうちたてたものだ。それは芝居気たっぷりの磔刑で、まず神々しい血が一滴一滴流れ、呻き声が始まる。近代の歌曲のまっただなかにグレゴリオ聖歌が、荘厳なミサとともに新たに復活しうる。信者はこのとき原始の典礼に立ち戻り、明晰な言い回しとは異なる何かの上に、あらためて教会を打ちたてる。それは謎めいた四音からなる旋律のおかげなのだ。はるか彼方から響き、ラテン語の音節をすっかり変形し、混乱と懐疑のうちに信仰が涌き出ることになる。行列の上に宙吊りになり、判決が鳴り響き、手が凍りつく前にその手は厳粛にして仰々しい目の眩むような花押（かおう）を描いた。ほどけた指は賽子を投げ、吐き出し、空っぽの、つまり軽くなった手は鷹に変身する仕草を続け、死刑宣告を待ち伏せる。あるいは鳩のように翼と喉から光を放ち、光は世界にあふれ子羊をも照らす。子羊は礼拝に——犠牲に捧げられる。ここは法廷なのか？たしかに男はもうじっとしていられない——監獄にいるか、あるいは麻痺してしまったなら別だが、彼はもっと遠くに旅し、へとへとに、つまり土埃になるまで世界を走らなければならない。あいかわらず迷宮に似て監獄は空間の源泉を増殖することができる。中庭、独房、廊下、階段、鉄格子。そこに潜む詭計にもかかわらず受刑者は眩暈しながら独房に戻る。独房は彼がどこにいようとも、匿名のしるしを通じて受刑者にのしかかってくるようだ。彼は判決の文字を破壊したと思ったのに、それは彼の独房の境界のただ内側をさらに暗黒の太い線で満たす細い線にすぎなかった。ここで心臓は司法官の全身にたっぷり血液を送り、新しいは十字架と旗を先頭に都会を村を行進し、鼻声の歌で調教された典礼でイスラム教の台頭を妨げようとした。それによってわれわれはもう一度、審問の時代にひきもどされる。

それは別の語で、あるいは同じ語でも別の文で繰返されるかもしれない。受刑者がまだ外にいることは誰もわかっている。判決は彼とほとんど無縁だ。正面の壁におよそ千年も前に穴が穿たれた、そんな教会がところどころにある。その穴に隠れて、教会の外にいながら、癩病患者はミサに列席し、聖体を授かった。そこに跪いて穴のまんなかを見ると、向こうに空っぽの聖櫃が見える。

祭壇は聖性を失い、神父も癩病者も死に絶えたが、この穴はまだ問題を投げかける。これは人が死に、消えた後でも、ただそれだけ残る尻の穴のように大きい。デルフォイの空を飛びながら、鷲か鷹だったか、それが大地の臍となる石を落とした。想像上の深淵の底に。こうして手は鷹のように、あるいは鳩のように賭博台

判決が言い渡されることになる。この戯れはやむことがあるのか。司法官と弁護士は法典のなかに、指と目で判決を探し、そそくさと言い渡す。受刑者は懲罰が続くかぎり署名を続けなければならない。その前に司法官と弁護士は声高に不可解な罵詈雑言をどなり、彼らの腕は度外れの大げさな身振りをしてみせるが、凍りついた手の指ほど身振りは鋭くはなく——巨大な、しかし震える苦悩を描き出し、それが両腕と全身を慰め、短い叫びを中断し、苛立つ賭博師の神経質な両手は賭博台の上で凍りつき、サイコロを弾き出したが、それは跳ね返り凝固し、凡庸極まる判決を示すばかりだ。というのもタンジールのカフェで賭けるのはわずかな額でしかない。それでも受刑者は彼の独房という現実の空間で、司法官たちの言い渡した判決を書き続ける。司法官が判決の根拠にするのは大仰な典礼でしかなく、審問の空しさはますますあらわになるばかり。賭けられるのはお粗末なものだ。

それはガラスのテーブルの上でも、プチ・ソッコ広場

の上でもなく、タンジールの上、モロッコ王国の上、アラブのもろもろの民の上、宇宙の球形の上で、サイコロを投げる賭博者は、抒情的で悲痛な、あの花押をでっちあげる。五本の乾いた指に握られて投げられ、サイコロはガラスのテーブルに跳ね返り、誰でも簡単に結果の数字が読めるようになっている。それはほんの一瞬から残ったものだ。同じくハプスブルグ家の古文書館には、とるにたらない文書に署名し権威を与えた文字が保存されている。太い線と細い線が複雑に入り組んだ文字だ。

それを別の語で、あるいは同じ語でも別の文で繰り返さなければならない。彼が自分のものにしようとして金品に手をつけるなら、言い渡される判決がたえず書かれ、司法官との厳密な協働を明らかにする長い歩みの間、受刑者は決意したのだ。つまり彼の最初の行為は、それに手をつけたことであらゆる所有権の神聖さを冒したということを意味するだろう。彼はさらに遠くに行く。審判が下されなかったことを望むのだ。司法官には根拠となる文書がない。偽のラテン語にせよ時代遅れのフランス語にせよ、審問からじかに由来した文書というものがなく、審問そのものは拷問道具から由来した。布告し、立法し、教育し、整理する秩序は責任を負うが、誰かが過ちを犯すとき、誰が責めを負うのか。禁止を課すことは、まあまあ、やさしい、しかし懲罰は？　懲罰の性質と程度は？　禁止はあからさまだ。力がそれを強いるなら、それはどこにでも、いつでも出現しうる。しかし誰かがそれを侵犯するなら、いったい何が起きたのか、判決はどうなるのか、誰によって言い渡され、誰によって書かれるのか。誰が有罪なのか。一見したところ、禁止を犯した当人である。

La sentence sera prononcée en un lieu où seront exposés tous les moyens de torture, tout ce qui nourrit la question. Mais qu'il ne devienne pas ornement ou parodie l'outillage dont on se servit pour parvenir à la justice : il sera mis en relief dans les Chambres du Palais car il faut que les magistrats et les accusés sachent à tous moments dans quelles tenailles est passée la question forcée, quel chemin parcouru dans le temps et non dans l'espace pour que la sentence soit énoncée en termes clairs mais fragiles reposant sur les promesses antérieures de la roue, du brodequin, du marteau, de la barre de fer, du plomb fondu, du crucifix tanguant qui saigne d'abord goutte à goutte son divin sang et se met à hurler. Au milieu des chants modernes le grégorien peut encore resurgir dans une messe solennelle : le fidèle est alors rattaché aux premières liturgies, il fonde à nouveau l'église sur autre chose que les formules claires, grâce à la mélopée sur quatre notes, énigmatiques, venues de loin, déformant avec les syllabes latines afin que dans l'incohérence et le doute sourde la foi. Les processions — croix et bannières en tête — parcourent les villes, les villages, apportant à la pensée musulmane une liturgie comptée par un chant vacillant qui nous rattache aux époques de la question.

Cela peut être répété avec d'autres mots ou les mêmes dans d'autres phrases. On sait bien que le condamné restera encore au dehors. La sentence le concerne à peine : il verra encore quelque église où dans le mur du portail un trou fut ménagé il y a près de mille ans. Il permettait aux lépreux d'assister à la messe et de recevoir l'eucharistie tout en restant hors de l'église : si l'on s'agenouille on peut voir, dans l'axe même de l'orifice, le tabernacle vide. L'autel est désacralisé, les prêtres et les lépreux sont morts mais il reste ce trou qui pose encore les questions, grand comme un trou du cul qui subsisterait tout seul après la mort et la disparition de l'homme. Survolant Delphes, l'aigle ou l'épervier lâche l'ombilic au fond d'un imaginaire cratère, ainsi la main, ou comme l'épervier, ou comme la colombe, suspendue au-dessus de la table de jeu, avant de se figer pour le retentissement de la sentence, la main a décrit un vertigineux paraphe, solennel et emphatique : se détournant, les doigts lâchent ou crachent les dés afin que la main vide, c'est à dire allégée, continue le geste qui fera d'elle l'épervier quittant la sentence de mort, ou la colombe, ailes et gorge desquelles partent les rayons qui veulent inonder le monde, et jusqu'à l'agneau offert à l'adoration — à l'immolation. Nous sommes dans un tribunal ? Sachant que l'homme ne doit plus s'arrêter — sauf s'il est en prison ou paralysé il est fait pour aller plus loin, parcourir le monde jusqu'à l'épuisement c'est à dire la poussière. Comparable encore au labyrinthe, la prison peut multiplier les ressources de l'espace : les cours, les cellules, les corridors, les escaliers, les bureaux, malgré ces ruses, le condamné vertigineusement revient dans sa cellule, il semble que celle-ci, où qu'il soit, sur un signe d'on ne sait qui, se précipite sur le condamné. Alors qu'il croyait cassée l'écriture de la sentence, elle n'était qu'un délié permettant un plein plus noir dans les seules limites de sa cellule. C'est là qu'on le sent encore assez de sang dans toute la magistrature pour que soient dites de nouvelles sentences. Ce jeu va-t-il cesser ? Avant de chercher dans le code, du doigt et de l'œil une sentence vite énoncée que le condamné paraphera durant sa peine, les magistrats et les avocats ont proféré d'insaisissables silences, leurs bras ont dessiné des gestes immensément grandioses, mais aigus que les doigts des mains immobiles — décrivant une angoisse géante mais frémissante qui console le bras et tout le corps, qui casse le cri bref — les mains nerveuses des joueurs énervés, immobilisées au-dessus des tables de jeu où elles ont craché les dés qui rebondissent et se figent pour indiquer une sentence sans originalité car ce qui se joue est infime dans les cafés de Tanger. Cependant, le condamné continue d'écrire dans l'espace réel de sa cellule une sentence prononcée par des magistrats qui ne se réfèrent pour juger qu'à un emphatique cérémonial dissimulant de plus en plus mal le vide de la question : ce qui se joue est infime.

Ce n'est pas au-dessus de la table de verre, au-dessus du petit Socco, c'est au-dessus de Tanger, au-dessus du royaume chérifien, au-dessus des peuples arabes, au-dessus du globe de l'univers que les joueurs de dés improvisent ces paraphes lyriques et déchirants. Lâchés par les cinq doigts qui les tenaient, les dés rebondissent sur la table de verre de façon à rendre lisible à tous une solution facilement déchiffrable : ce qui reste d'un éclair. Les archives des Habsburg conservent d'innombrables entrelacs de pleins et de déliés signant et authentifiant un texte nul.

Cela doit être répété avec d'autres mots, ou les mêmes dans d'autres phrases. S'il voulait faire main-basse sur des livres afin de se les approprier, au cours d'une longue marche indiquant que la sentence prononcée ne cesse de s'écrire et marque une rigoureuse collaboration avec les magistrats, le condamné décida que son acte premier signifierait qu'en y portant la main il désacralisait toute propriété. Il va plus loin. Il veut que le jugement n'ait jamais eu lieu : les magistrats ne se réfèrent sur aucun texte — pas latin, français archaïque — issu de la question, issue elle-même des instruments de torture. L'ordre qui légifère, décrète, éduque, ordonne est responsable, que quelqu'un vienne à faillir, qui est coupable ? Les interdits sont assez faciles à imposer, mais les peines ! La nature des peines, leur gradation ? L'interdit ou le décorum : il peut surgir n'importe où, n'importe quand, la force l'impose, mais si quelqu'un le transgresse que s'est-il passé, quelle sera la sentence, par qui prononcée, écrite par qui ? Qui est coupable ? On met en compte celui qui a transgressé l'interdit.

もっと鋭敏な視線にとっては、罪を犯すことが不可能になるような法を完備することに失敗した秩序はそれだけで犯罪的なのだ。審判が下される。それには判決の言い渡しと署名が含まれているだろうか。もし何も起きないとしたら？　闇を背景に……受刑者が司法官との共謀を拒むなら、もっぱら判決の言い渡しに含まれている審判とは何なのか。審判を発語する行為から、われわれははるか遠くにいる。ある金品を手に入れるという気遣いから遠く離れている。あらゆる財の盗みがもちうる意味から遠く離れている。その盗みによる聖性の喪失からも遠く離れている。受刑者によってひそかに受諾される宣告を言い渡した法廷からも遠く離れている。遠く離れている……しかし問題はすぐ間近にある。「私に審判を下すことによって、いったい彼らは誰に審判を下しているのか」。タンジールのカフェのテーブルの周りで、賭博に加わる人物はそれぞれにサイコロを手に取り、ずいぶん高いところからそれを投げる。絶大な希望ではないが、それでも希望しているのだ。自分の腕あるいは

秩序はみずからが崇める対象のもとで、みずからを罰する。司法官たち。法それ自体が崩壊し、編み目が次々ほどけてしまえばいい。殺人が起きたって？　共和国大統領の断罪と処刑。別の殺人、法務大臣。また別の殺人。労働総同盟の書記。パリ大司教、以下続く。選挙や誕生や加速する経済成長などでたえまなく交代する人物よりもましなものがある。破壊された凱旋門、シャルトルの大聖堂、ヴェルサイユ宮、パリ、ローマ、ブリュッセルの裁判所、ヨーロッパのあらゆる裁判所、史料館、商工会議所、人々を手招きするあらゆる男根的な美辞麗句、屹立し、冷酷に屹立する記念碑や制度、そして急激な崩壊よりも望ましいのは、ヒッピーたちの満ち足りることのない下あごに蝕まれ、ゆるやかに崩壊することだ。民衆の全精力が、みずからを断罪する一世界の処刑に費やされるとき、処刑に立ち会う野次馬は驚きと悲しみにみたされるが、そこには歓喜も生まれよう。あらゆる価値は脆いものとなる。というのも犯罪や違反がおこなわれるのにしたがって、秩序はそれらを促進し、生起させ、

両腕の身振りが全身に伝わり、空気と空間をかき乱し、運命を制圧し、世界を蒸発させ、グラナダの館のスペイン人を殺すこと、稲妻が落ちて聖戦にけりをつけることを。その聖戦はコルドバの魅惑のせいで頓挫し、戦士は踊り子の裸の腕に縛られ、踊り子はもう空中に花押を刻んで、判決文を正当化する署名をしていた。それぞれのアラブ人はイスラム教が死に絶えるまで、その判決を書き続けることになる。それはこういうものだ。秩序は有罪である、犯罪者をそそのかしたのだから、しかも犯罪を防げなかったのだから、

物憂い身ぶりに揺さぶられ、私は思い込まされる。私は父も母もなく、ひとりの男とひとりの女の行きずりの出会いから生まれたということを。それでも、彼らが誰か知らないままでいるしかないとして、私がそれについて語っても、この出会いは純然たる仮説にすぎない。しかし私は確信をもって生きている。たとえば無害な蛇が自分をねらっている鷹になろうとしても、地を這う運命から逃れられないように、私はこの確信から逃れられない。その鷹は蛇を食べようとして、飛ぶことのできない蛇をねらっているが、蛇にはそれがわからないのだ。

以前には――知らない女の陰部から出てくる以前にと言っているのではなく、ずっと以前にということだが、――以前に私はいったいどこにいたのか。形なく、存在しないも同然の私が存在していた。それにしても、どのようにして、どこに？　ふたりの迷える人物の

生産し、可能にし、刺激した自分自身を裁くであろうから（言葉は急いで駆けつける、そそのかしたのは自分だと白状しつつ）。まさにそのとき、少々の好機そして世界における犯罪行為の、あるいはたんに不法行為のわずかな増加とともに、地上のすべてが一掃され破壊され、すべてが死に、咀嚼され、飲み込まれ、糞になる。すべてが死ぬ。司法官もまた。歓喜のうちに生き残るのは非行少年や犯罪者だけだろう。もはや受刑者が諦念とともに記さなければならないかぼそい文字ではなく、判決言い渡しとその文書、つまり秩序によって完成される懲

罰を無にする堂々たる花押〔8〕が記される。全身麻痺したり、または監獄に入ったりしていなければ、人間は世界を股にかけて移動するものだ。これがほんとうなら、犯罪者は世界を股にかけ、おそらくわれわれの住む世界の裏面をなす世界をさぐりあてる。われわれの世界でまだ判決は書かれている。こんな戯れが不可能ではないのだ。ガラス板を置いたテーブルの上でやせ細り、痛み、軽くなった両手が、中身のない判決の一語一語をつまぐる。彼が頼りにするのはひとつの無残な花押なのだが、この花押はそれ自身以外の何も意味しないし、どんな懲罰も強制することがない。その懲罰は、監獄のきわ

性交を待ちながら、私は日の目を見るのを待った、それにしてもその前は？　私はずっとむかしから存在したのか。永遠そのものに属したのか。私はいた、そして私はいなかった。無から生まれた。私は魂ではなかった。私の不在が存在したのか。おそらく！　飛ぶことも、ひらひら舞い上がることもなかった。かといって動かぬものでもなかった。そして私は私自身を——いや私自身をではなく——すでにジャンと呼んでいた。昼夜があり明暗があった。私は待ち、何も待ってはいなかった。なぜなら……ある不在から、太古からの私の空しい待機から出てきたものにすぎなかったから。どんな言葉を書いてもいいが、もはやどの言葉もけっして疑いの影さえ投げかけはしないだろう。

めて限定された空間に住む二十歳の青年の往来によって書かれたかもしれない。ある貧相な建築家の図面によれば、そこには独房、回廊、少し高くなった中庭がある。

それを別の語で、あるいは同じ語でも別の文で繰り返さなければならない。おそらくわれわれの使うことになるあらゆる単語を注意深く観察しなければならない。それらが何も隠さず、何もあらわにしないことを理解するために。

centre rouge

pour un œil plus aigu l'ordre, qui n'a pas su mettre au point le code où le crime est impossible, est criminel. Un jugement a eut lieu, contenant l'énoncé de la sentence et son paraphe ! Si rien n'avait eu lieu ! Au fond de nuit... Que le condamné refuse sa collaboration avec les magistrats, que sera un jugement contenu dans le seul énoncé de la sentence ! Sommes-nous assez loin de l'acte par lequel le jugement est dit ; assez loin des moines de s'approprier un bien ; assez loin du sens à donner à cette main-basse sur toute propriété et assez loin de sa démoralisation ; assez loin du tribunal qui prononça de bon accepté soumissionnement par le condamné, assez loin... mais très proche de la question : « en me jugeant qui juge-t-on ? » Dans les cafés de Tanger, autour des tables chaque joueur reprend les dés et les laisse tomber de très haut, ne l'espoir et sans grand espoir que le geste de son bras ou de ses deux bras, se répercutant dans tout le corps, troublant l'air et l'espace force le destin, anéantit le monde, tue l'Espagnol dans sa maison de Grenade, permet à la foudre d'intervenir pour régler les comptes d'une guerre sainte qui s'est relâchée dans le chemin roman où la question fut léguée par les bas mots de la danseuse qui écrivait déjà dans l'air les paraphes authentifiant le texte d'une sentence que chaque arabe devait écrire jusqu'à la mort de l'Islam.

cordonnay

Cela : que l'ordre soit capable d'avoir puni le criminel ou de n'avoir pas su

empêcher le crime, il se punira dans ce qu'il révère : les magistrats. Ou la loi se défera elle-même, qu'elle se détricote, maille après maille ! Un meurtre a eu lieu ! Condamnation et révolte du président de la République. Un autre meurtre : le ministre de la Justice, un autre, le secrétaire général de la C.G.T., l'archevêque de Paris, ainsi de suite, mais il y a mieux que les personnages toujours remplacés par le jeu d'élections, de naissance et de croissance accélérées, il y a : l'Arc de Triomphe rasé, la cathédrale de Chartres, Versailles, les palais de justice de Paris, Rome, Bruxelles, tous les palais de justice d'Europe, les Archives, les chambres de commerce, toute cette architecture phallique qui sait couvrir le monde, monuments et institutions dressés, durement dressés, et plutôt que de son désir écroulement, leur lent grignotage par les mandibules inapaisées des hippies. Quand toute l'activité des populations sera accaparée par la récente d'un monde qui se condamne, l'assistance du public aux mises à mort sera pleine d'étonnement et de tristesse au milieu de laquelle l'allégresse germera. Les valeurs connaîtront leur précarité car à mesure que crimes et délits seront commis l'ordre se punira de les avoir : suscités, engendrés, produits, permis, provoqués (les mots se hâtent, accourent, qui revendiquent le fait d'avoir agi). C'est alors qu'une (un peu de chance aidant) légère augmentation de la criminalité, un seulement

de la délinquance dans le monde, tout sur terre sera rasé, tout sera détruit, tout rasé, mastiqué, avalé, chié. Tout mort. Les magistrats aussi. Seuls resteront les délinquants et les criminels dans la joie. Ce n'est plus l'écriture malingre qui devra tracer dans la résignation le condamné, mais un ample paraphe annulant l'énoncé de la sentence et son écriture : la peine accomplie par l'ordre. S'il est vrai que l'homme doit parcourir le monde, sauf s'il est paralysé ou en prison, le monde sera en mesure d'être parcouru par les criminels, espérant un monde peut-être qui serait l'envers de celui où nous sommes, où la sentence est encore écrite. Ce jeu ne sera pas impossible : au-dessus de la plaque de verre sur la table, les mains maigres, cassées, alliées, égrènent des sentences nulles, en s'aidant d'un paraphe déchirant ne renvoyant à rien d'autre qu'à lui, n'obligeant à aucune peine qui serait écrite par le va-et-vient d'un homme de vingt ans dans l'espace très défini d'une prison, des cellules, des corridors, des cours élevées selon les plans d'un architecte cramé.

Un mouvement paresseux me berce et laisse croire que je suis né, sans père ni mère, de la rencontre aléatoire d'un homme et d'une femme encore que, s'ils doivent me demeurer inconnus, cette rencontre sera pure hypothèse et j'en parle mais certitude que je vis, à laquelle je ne peux m'arracher pas plus qu'une couleuvre ne s'arrache aux reptations, afin, par exemple, de devenir l'épervier qui la guette, ignorant qu'il est un épervier guettant une couleuvre incapable de voler afin de se nourrir d'une couleuvre.

Avant — je ne dis pas avant ma sortie du con d'une inconnue, mais bien avant — avant où étais-je ? Amorphe et inexpirant j'étais mais comment ! Où ? Attendant la copulation de deux égarés, j'attendais mon jour, mais avant ? Étais-je de toute éternité ? Appartenais-je à toute éternité ? J'étais et je n'étais pas. Né de rien. Je n'étais pas une âme. Mon absence était ? Peut-être ! Ni voler ni voleter. Pas immobile non plus. Et je me — non, pas me — nommais déjà Jean. Il faisait jour — nuit, clair — obscur, j'attendais et je n'attendais rien puisque... sinon l'une absence, de mon attente néante immémoriale. On peut écrire n'importe quel mot, aucun ne projette jamais plus l'ombre d'un doute.

Cela doit être dit avec d'autres mots ou les mêmes dans d'autres phrases. Il serait peut-être nécessaire de scruter tous les mots dont nous allons nous servir afin de comprendre qu'ils ne cachent ni ne montrent rien.

判決を言い渡す口について語ってみよう。まず歯と舌である。あちこちに、ある種の製造所のようなものがあり、その役割は口蓋（パレ）をまるごと構築することだが、それはまさに正義の宮殿（パレ）[9]と呼ばれ、もちろん乱杭歯の司法官たちのためのものだ。彼らの役割は正義を再建し、吐き出すことだ。あれほどの義歯をつくるには、技師たちは健全な歯並びをもつ若人の歯（臼歯、犬歯、門歯）を必要とする。フランスの農民はあまりあてにならないので、むしろ十五歳から二十歳のコンゴ人のほうがいい。司法官の人造の口蓋は、若い黒人たちの歯で武装されている。それを知るにはこの司法官たちの薄笑いを見たことがなければならない。というのも歯だけは移植されるが、唇も、顔の他の部分も、身振りも移植されはしないからだ。こうした若者の歯が皺だらけの顔のなかで光っているのは、まったく見られたものではない。たとえ気づかれないように、口腔専門の医師が、幸福にきらめく歯並びに、ひとつかふたつ虫歯を挿入することにしているとしても。義歯の製造は、かなり古い時代の技術にさかのぼる（それはお

外にあり、たぶんこの私が痺れを切らし、ひとりの男とひとりの女を強いて、ある日密通を強いた。私自身が精子と卵子を選び、それと同時に、経度と緯度にいたるまで位置を決定し、そこから私の肉体が発生し、世界のあの一角からみずからを追放することになった。そこの神の無作法なまなざしは、たえずますます険悪になったからだ。こんなふうに逍遥するうちに、私はこういう観念にとらわれている。私の生みの親たちは、自分たちが私を世界に送り出す手段となるため、私に存在してほしかった。要するに私は、私の仮想的両親と同時存在していた。私の祖父母と同時に存在していた。そして私はまだこの世界に存在していなかった彼らに働きかけた。それにしても彼らは私と同じく永遠の存在で、

　まったく永遠に属していた。

　　ひとつの肉体がつくられるため、ひとつの精神、読み解くこと、見ることの可能な運命がつくられるため、私が死ぬために。生まれる前から私は存在し、この地上に実在しようとする意志でありつつ永遠

そらく狐の罠よりも古い時代に属する狼の罠の原理に含まれている）。ほとんど中世に由来する仕掛けのおかげで、明瞭な発音が可能になるのだが、判事たちに対して、「おかげ」〔恩赦〕という言葉を記すとき、私は何かためらってしまう。いずれにしてもこの仕掛けは騒がしく、壊れる寸前のところで判決の言い渡しが聞こえなくなり、ときには判事の口の外に、上下ふたつの部分が飛び出てしまう。

それは人工的に形成された咀嚼器であり、法廷のテーブルの上に落ちたのを彼は拾い、両手で口のなかに嵌め込まなければならない。いわゆる口蓋、つまりある種の硬口蓋音を発音しようとして舌が衝突する上の部分は、最近まで酸化しない金属板だったが、判事の口のかたちに変化はないとしても、このごろ流行っているのはプラスティックの素材である。もし永遠のむかしから有罪で、あの発音され、またはぶつぶつ言われ、そして書かれる判決と私が永遠にぐるならば？　生まれる前、この肉体とともにある前に私は時間と空間のに属し、永遠のむかしから働きかけ、ある日フランスに、十二月のパリに生まれようとした。私が自分のために選んだのではないが、たとえ苛酷なものでも、みずから欲した形態、もろもろの形態において生きようとした。それは死すべき人間としての私の特性とともにあり、こう書きながら、私のどの特性も身じろぎだにすることがない。生誕の瞬間を除いて一度も女性の体に侵入したことがないために頑健で、まだ盲目で、唖で、たぶんまだ途方にくれたままなのだ。なぜここに来たのか。「盗みを働いたので、ここで有罪になるために……」と数多の声が答える。私を圧倒しようとする群れの声だ。正真正銘、あれは名器さ！　超マリリンあねご！[10]　公衆便所の妖精たち！　あざやかな寝返り！　彼女、彼、仲仕風の腕……これ見よがしのオカマ……穴だらけの言葉に出くわす耳……まばゆいほど臆病でレース飾りで身を固め……夜すなわち外出許可（ペルム）のとき、射精（スペルム）のとき……見事な雷のようなオカマ……転がる尻は一物をも得ず、草も生えず……元気のいい円柱を求めるケツ——元気それとも休眠中？……私を決定したもの、私のページの表面に染み出てくるものを忘れる。ヒッピーたちの柔和なカーニバルに判事たちの獰猛なカーニバルが応答する。彼らは判決を言い渡した後も生きのびる、判決は言い渡される、その間もあなたは眠り、食べ、糞をたれ、いびきをかき、あなたは

小便し、放屁し、食ってかかり、冗談をいい、味をしめ、よだれをたれ、用便し、糞尿だめの上で会話し、品行方正で、たっぷり蓄え、小刻みに歩き、冗談をいい、夢を見、楽しませ、赦しを与え、吸収し、観察し、日曜も働き、匂いを嗅ぎつけ、踊るように巧みにあらかじめ難を避ける。しかしあなたの役割は祭司のそれで、あなたの姿は見えなくなるはずだ。それでもあなたは偏執にかられるように、注意不足によるように、審判を下す。あなたは人間的、あまりに人間的で、あなたの名誉はできるだけ正確に計算される。あなたの服装には飾りが足りない。もっと星印、記章、勲章、飾り紐、ギロチン、金をあしらった皮装具が必要だし、両足には厚ぼったい金の靴を履くべきなのだ。片足で立って見せ（もう片足は曲げて）あなたは戒めを刻み付けた台の頂で采配を振るう。抗弁するものはないが、あなたの住むのは共和国である。内側の――内務省の――洞窟では闇を背景にして、火刑や拷問の時が流れる。そうではないか。

濾過するということ。書かれた言葉は、もし濾過するとすれば何を通すのか。フィルターがあるなら、それは何を溜めるのか。……と言うじゃないか……言わないため……とさえ言わないためなのか？……

Parlons des bouches qui prononcent la sentence, d'abord les dents et les langues. Il existe ici et ailleurs certaines officines dont la fonction est de construire des palais entiers, qu'on pourrait nommer palais de Justice puisqu'ils sont destinés aux magistrats édentés chargés de rendre, de vomir la justice. Pour de telles prothèses, les spécialistes ont besoin de dents (molaires, canines, incisives), de jeunes gens dont la denture est saine : on ne compte pas trop sur nos ruraux mais plutôt sur des Congolais âgés de quinze à vingt ans. Les palais artificiels des magistrats sont armés des dents de jeunes nègres. Il faut avoir vu certains sourires de ces magistrats pour le savoir, car si les dents peuvent l'être les lèvres ne sont pas greffées, ni les autres parties du visage, ni les gestes : ces jeunes dents font mal à voir dans des visages craquelés, même si, pour donner le change, les spécialistes de la bouche ont sû intercaler une ou deux dents cariées dans la rangée éclatante de bonheur . La fabrication des machoires relève d'un procédé très ancien (contenu peut-être dans le principe du piège à loups antérieur au piège à renard) permettant leur articulation grâce - une sorte de scrupule me gêne si jécris le mot "grâce" à propos des juges - à un mécanisme presque médiéval, en tout cas bruyant et toujours sur le point de se détraquer, jusqu'à rendre inaudible l'énoncé de la sentence, et quelquefois prolonger l'éclatement hors de la bouche au juge des deux parties formant la machoire artificielle et articulée qu'il doit ramasser sur la table du tribunal, et, avec ses deux mains, tout réajuster dans sa bouche. Le palais proprement dit, l'emplacement supérieur ou bute la langue pour prononcer certaines palatales, c'était, jusqu'à ces derniers temps, une plaque de métal inoxydable, mais les matières plastiques sont à la mode quand la gueule du juge est invariable.

Si, condamné de toute éternité, étais-je de toute éternité complice de la sentence, prononcée ou grognée, puis écrite ? Avant de naitre, avant que d'être avec ce corps j'étais hors du temps et de l'espace, et c'est peut-être moi, ce fut mon impatience qui forcèrent l'homme et la femme, qui forcèrent la fornication un certain jour, choisissant moi-même le spermatozoïde et l'ovule, avec eux la position - latitude et longitude - d'où mon corps partirait afin de s'expatrier de cette partie du monde où le regard incongru de dieu se fait toujours plus menaçant. Cette divagation me laisse capter l'idée que mes géniteurs avaient besoin que je sois afin d'être eux-mêmes un moyen pour qu'ils me mettent au monde. En somme, j'étais simultanément avec mes hypothétique parents. J'étais en même temps que mes grands-parents et j'agissais sur eux qui n'étaient pas encore au monde, mais qui étaient, comme moi, de toute éternité,

appartenant à toute éternité,

afin que se façonne un corps, un esprit, un destin lisible, visible, afin que je meure et que l'être que j'étais avant ma naissance et qui, étant une volonté d'éxister sur terre, était de toute éternité, agissant de toute éternité afin que je naisse un jour en France, à Paris au mois de Décembre, vive sous la forme et dans les formes que je m'étais non choisies mais voulues, si elles sont invariables, avec mes traits d'homme mortel, écrivant cela sans qu'un de mes traits n'ait bronché, fort de n'ávoir jamais traversé une femme sauf à la minute de ma naissance, encore aveugle, muet, et sans doute encore noyé. Venu ici pourquoi ? "Afin d'y être condamné pour avoir fait main basse..." répond la voix multiple - c'est la voix d'une multitude cherchant à m'en imposer. Ma foi, c'est un bel organe ! Super marilynalgine ! Fée des Tasses ! ... saut de carpe à la retournée... Elle, il et ailes à la débardeur... Eclaboussante et tante... l'oreille qui rencontre la langue poreuse... Timide éclatante et toute armée de dentelles... Nuit : jour de perme et de sperme... Etonnante et tonnante Tante... Cul qui roule n'amasse pas zob, n'entasse pas l'herbe... Derche à la recherche d'une colonne en marche - en marche ou au repos ? ... j'oublie ce qui m'a définit et qui remonte à la surface de ma page. A ce doux carnaval de hippies répond le carnaval féroce des juges, survivants aux jugements prononcés, prononcés cependant que vous dormez, vous mangez, vous chiez, vous ronflez, vous pissez, vous pétez, vous rouspétez, vous plaisantez, vous avez du goût et de la salive, de l'aisance, de la conversation sur les fosses d'aisance, de bonnes moeurs, vous avez du pain sur la planche, vous trottinez, vous plaisantez, vous rêvez, vous charmez, vous absolvez, absorbez, vous observez, vous travaillez le dimanche, vous reniflez, vous esquivez d'avance au pas de danse, mais votre fonction et sacerdotale et devrait vous rendre invisibles cependant vous jugez comme par manie, comme par mégarde, vous êtes humains, trop humain, les honneurs vous sont comptés au plus jute : vos vêtements ne sont pas assez ornés, il vous faudrait davantage d'étoiles, de plaques, de crachats, d'aiguillettes, de guillotines, de buffleteries dorés et vos pieds devraient être chaussés d'or massif; posés sur une seule patte (l'autre repliée) vous présideriez au sommet d'un socle gravé de commandements sans répliques, mais vous êtes en république. Le temps des bûchers et des autres tortures s'écoule dans les caves de l'intérieur - du ministère de l'intérieur - sur fond de nuit, n'est-ce pas ?

Filtrer. Les mots écrits laissent passer quoi s'ils filtrent ? S'ils ont un filtre que retiennent-ils ? Dire que... est-ce afin de ne pas dire... et même de ne pas dire que... ?

あの卑劣な――片隅の、または言ってみれば当を得ない――交接は微妙な問題を提起する。生まれる前、という問題のことだ。極東への旅により西洋を逃れることは、日本に向から私の飛行機を導く夢想となり、こうしてユダヤ人の神を逃れ、その復讐あるいはその正義そして花押を免れることになった。判決が言い渡された場所のまわりで、私はその花押を記し続ける。光の列島にたどりつくこと、そこで神々、不可視の現前は、計り知れず、予見可能であり、予見不可能である。聖家族を逃れること、ところがその寝台の底で、いつもシーツの下には穴があり、目をくらます目がこちらをうかがっている。それは覗き見する神、ユダという神であり、すべての穴に張り付いた一つ目であり、また放屁を聞きつける耳、それをかぎつける鼻、一日の終わりに食卓を囲んだ家族みんなを笑わせるためのユダヤの物語である。鍋を取り囲み、キリスト教徒の家族が裁き手の登場を待って笑いながらささやくように。自分がどんなふうに死んだか知らないまま敬虔に葬られた死者は不平を鳴らす。司法官たちの顔がふたたび威圧的になる。アフリカの若者の顎から抜きとった歯のあいだで、彼らの老いた舌はよれよれになり、ほとんど目に見えず、口から出て白い歯のあいだに見えかけても、すぐに引っ込められる。彼らの言語は古めかしく、判決は法として確立された大文字の法からもぎ取られた、と最初はみんなが信じた。ハムラビ法典、デルフォイ、そしてその続き！グレゴリオが――その暦と音階が――保存されてきたように、ある種の表現を保存することはよいことである。なんらかの場所でそれを司法に返さなければならない。そこにあらゆる拷問具を展示し、時が経つにつれて法廷は拷問をやめることになったことを知らせなければならない。

gros caractères noirs

Cette copulation crapuleuse - marginale, ou si l'on veut, inadéquate - propose un délicat problème : avant de naître - dans mon voyage en Extrême-Orient, fuir l'Occident, c'est la rêverie qui entraînait mon avion vers le Japon où fuir le dieu des Juifs, échapper à sa vengeance où à sa justice et au paraphe que je ne cesse de tracer autour du lieu où la sentence fut prononcée. Atteindre un archipel de lumière où les dieux, présences invisibles, sont incalculables, prévisibles et imprévisibles, fuir la sainte-famille alors qu'au fond de son lit, toujours ouvert sous les draps, un oeil aveuglant épie : c'est un dieu voyeur, c'est un dieu-Judas, c'est un oeil collé à tous les trous mais c'est aussi une oreille écoutant les pets, une narine les reniflant et une histoire juive vers la fin du jour pour faire rire toute la famille autour de la soupe, comme autour du pot chuchote en riant la famille chrétienne attendant l'apparition du juge.

Morts qui ne savent comment mais enterrés pieusement, les hommes renaclent. À nouveau le visage des magistrats s'impose, leur langue vieillie entre les dents arrachées aux machoires d'adolescents africains, leur langue est fripée, rarement visible, vite rentrée si elle a dû sortir de la bouche, se laisser voir entre des dents si blanches. Leur langue étant archaïque, on a cru d'abord que les sentences étaient arrachées à un Droit fondé en droit : Code d'Hammurabi, Delphes [illegible] la vit ! Comme on conserve les grégoriens - le calendrier et le mode musical - il est peut-être bien de conserver certaines expressions qu'il faudra rendre à la justice dans un local où l'on expose tous les appareils qui, au cours du temps, ont permis au tribunal de quitter la torture,

私はいた、そして私はいなかった

Ce qui arrivait jusqu'à nous c'était les pétales de pivoines jaunes, roses et mauves se dissolvant sous l'avion avant d'atteindre la couche de nuages. Il ne fait jamais nuit au Vietnam, une corrida que je ne voyais pas jettait de petits hommes vifs calcinés contre des soldats blonds et maladroits qui supportaient de plus en plus mal les cadences des engins mis au point au Texas et Massachusetts. Il ne faisait jamais nuit, ce qui explosait ne produisait aucun vacarme, mais ce fracas intérieur, c'était le silence qui explose. Tout y était tordu, bombé, arqué ou pulvérisé. Si étrange, géographiquement, ce petit pays était le seul dans le monde où se forgeait une civilisation ne ressemblant à rien de connu. Il commençait par la fin : avec une ingéniosité ingénue, les hommes et les femmes utilisaient, afin de vivre, tous les débris de chaines, d'ailes d'avion, de clous de bombes à billes – un cimetière non de voitures mais de moteurs, d'hélices, de bombes. Ils n'avaient – c'est ce qu'on espérait – pour allumer ces pivoines éclatées où ils vont périr, que le très ancien cordon Bichford. Ça ne suffisait pas. Comme ils bricolaient leur survie, les Viet nous bricolaient des exemples d'héroïsme, de drolerie : "les Américains ne détruiront jamais nos éventails", de diplomatie, d'intransigeance, de camouflage, de visibilité la nuit, des exemples de survie après amputation des quatres bras, de la tête et du tronc, des mines d'exemples que nous connaissons tous grâce aux exploits des reporteurs de notre habituelle T.V. couleur.

J'ai vu comme vous tous un Viet coupé en deux : miracle athée, les deux moitiés ont continué de vivre, l'une sans l'autre. Comment s'y prennent deux moitiés d'un ver coupé par une bêche ? Ces morceaux d'un seul ver coupé en mille et milliers par une bêche, se cherchent une tête, un eosophage, un cul pour chier. Chacun sait qu'il est aussi l'autre.

私たちのところまでたどりついたのは、黄色、薔薇色、薄紫色の牡丹の花びらで、厚く重なる雲に触れる前に、それは飛行機の下で溶けてしまうのだった。ヴェトナムにはけっして夜が来ない。見えない格闘が続き、生きたまま黒焦げになる小人たちと金髪のぶきっちょな兵隊たちが対決していた。兵隊たちは、テキサスやマサチューセッツで完成された兵器の発射音にはもううんざりしていた。夜はけっしてやってこなかった。爆発物はまったく騒音をたてなかったが、あの内面の大音響は沈黙の爆発だった。あらゆるものが歪み、反り、たわみ、さもなければ飛び散った。この小国は地理上のまったく例外で、世界にあってただひとつ、いっさいの既知の何かには似ていない一文明がここで育まれていた。この国の始まりは終わりだった。天真爛漫にして狡猾で、男も女も生きのびるために、鎖や飛行機の翼、榴散弾の釘などの破片を——自動車の墓場ではなく、エンジン、プロペラ、爆弾などの墓場をなんとか役立てるのだった。この飛び散った牡丹の花のあいだで彼らは死ぬことになるのだが、思いどおり花々に火を放とうとしても、まったく時代遅れの導火線しかなかった。そんなものではだめだった。生きのびようとあくせくしてきたように、やはりヴェトナム人はあくせく、ヒロイズムやお笑いをいろいろ工夫していた。「アメリカ人たちはけっして私たちの手練手管をうちのめすことなんかできないだろう」。さらにまた外交、非妥協性、カムフラージュ、闇のなかの視力、四肢や頭や胴体をもがれた後でもなお生きのびたという事例まででっちあげた。その数多の例は、おなじみのカラーテレビのリポーターのお手柄で、私たちみんなが知っているとおりだ。

あなたがたみんなのように、私はふたつに切られたヴェトナム人を見たのだ。それは神なき世界の奇跡であり、ふたつの半身は、相手を欠いたまま生きのびた。シャベルで切断されたみみずのふたつの半身はどうふるまうだろうか。シャベルで千万に切断されたただ一匹のみみずの破片は、頭や食道や、糞を垂れるための尻を捜し求める。自分が他者でもあるということを、みんながわきまえている。

総じて信頼のおける、ある想像力の助けを借りて、どうやら私は想起するようなのだ。生まれる前に私はなんであったかということを。巧みに誘導された夢想を通じて、おそらく私は、ある柔らかな詩にたどりつくだろう。そのなかで私は前世のわが存在をおびやかすこともなく、その詩のかきたてる幻想によって、自分自身がなんであるのか決定するかもしれない。

生まれる前に存在していた、と書くならば、人は私がこう主張したがっていると思うだろう。

つまり六千年にわたって、炭素年代測定法によるならば数百万年にわたって、聖書のなかに繰り広げられてきた歴史的過去の、私は同時代人であると。ヘブライの創世記か、または唯一の怪物的原子などという仮説的存在を受け入れるとして、それが唯一実在するものだとして——〈私〉というもの、この恐るべき〈私〉が創造されてしまったのは、なにゆえ彼方でも此方でもないのか。この〈私〉は存在しなかった——私はすでにこう書いてもいいのだ。私は存在しなかった、みずからの歴史的出来事とけっして同時に存在しなかった。後期ローマ帝国の叛乱に、サラディンの暴力に、中世のいかがわしい路地や太陽王の宮廷に、ミシシッピー河下りに、ヌメアへの流刑に立ち会ったとしても、私はそこにいなかった。なんであれ日付のある不可解な出来事、あるいはいまも輝かしい文字に記されたなんらかの出来事を想起することで、この〈私〉というもののうちにみずからを置いてみるのだが、先に言ったとおり、この想起はおそろしいものだ。この〈私〉は不可侵である。それは私の視線をのがれ、私の意識を逃れる。それこそが私の意識であるからではなく、まさにこの意識はその〈私〉に許容されたからである。そしてこの〈私〉を定義しようとすれば、それについて〈私〉は〈私〉というしかないのだ。

私はどうにも手のつけられない確信をもっている。この〈私〉は、誕生の瞬間にも、卑しい性交のときにも、目に見える私の人生のどんな出来事の際にも姿を現したことがない。この〈私〉はこれらすべてに先立ち、まさにすべてを引き起こし、欲望し、要求した。ところで私は自問する。口にされたことのないどんな範疇に私は属したのか、そのときいったい私はどこにいたのか。

〈私〉は答えなかった——まだ答えていなかった——。そして〈私〉はただ私の誕生から死まで存在した、といってすますわけにはいかないのだ。

それは私の肉体に先立って存在した私の魂ではなく、それが肉体を強いて出現させたわけではない。それは私に先行する同一性なのだ。直観であり、夢想の結果であり、おどけた狂気であり、私は何も厳密なことを知りえないだろう。それなのに私の確信はますます強くなり、おそらく難攻不落となり、〈私〉は生まれる前から存在し、永遠のむかしから存在していたとわかっているが、私の肉体のこの同一性は停止するであろうということもわかっているのだ。私の肉体の死の後で、心臓、血流、呼吸が止まり、〈私〉は存在することをやめ、そのときが来れば、私よりはるか以前にあった私の同一性を持続するものはもう何もない。もし私が永遠のむかしから私の同一性のうちにあったならば、形をそなえて出現しようとする意志があり、この同一性は私の感覚的な生が続くあいだだけ続き、私の肉体が死ぬときには結局廃絶されるのだ。私は永遠のむかしから存在し、そしてついに私を廃絶することができるように、それをめざして私は生まれた。

「私は永遠のむかしから存在する」という表現において、「永遠」という語を使うのはまちがいのようだ。永遠にははじめも終わりもないし、河が源から海に流れるように、過去から未来へと移っていくもののように、それを想像することはできないからだ。それでもこの語は、おそらく正しい。永遠という観念は、私の精神がその起源を仮想することができないというただそれだけの事実によって、必然的に無限の観念であると十分に認められるからである。

私に先行する私の同一性を内包していた永遠が、ここに私が出現することによって粉砕されるなら、この永遠は私が出現するとたちどころに無限に遡行し、腐敗し、それゆえ破壊される。

牛馬に引かれるメロヴィング朝の王たちの即位のとき、その間パトモスの聖ヨハネはオリーヴの木の下で、ギリシャの若者のオカマを掘ってから「黙示録」を推敲する。

軍閥に反逆して中国人のラオ・タンが二十歳で斬首になったとき、バルタザールが気づかなかった予兆のとき、それは彼の年老いた奴隷のひとりによって伝えられたのだが、奴隷はただ彼を脅かそうとしたのだ。

精霊が川や海の上を漂っていたとき、葦もなく、睡蓮もなく、トンボも、カワセミも飛ばず、プランクトンもいない水の上に、

私はいた、そして私はいなかった！

女帝テオドラを前にして勃起せずただ飢えていた奴隷が串刺しの刑になったとき、彼がビザンチンの城壁の下で串刺しになったとき、誰も知らないこの男は円形競技場の壁の下で、小便にまみれて腐ったオレンジの皮をあさっていたのだ、

それぞれの大陸が、離れ離れになることを決断し、その結果まさに大陸という言葉が生まれたとき、

愛の神が生まれたとき、死んだとき、
春風に吹かれる最初の種まきのとき、
スキタイ人の凱旋、フン族の疾走、回教徒の戦勝のとき、
咲き始めた桜の下、日本の子供の飢えたまなざしのなか、
フレデリック二世の兵舎で、彼の兵士のひとりが三頭の過敏な馬に踏まれ、轢かれ、ぐちゃぐちゃの肉と血になってしまったとき、
私はいた、そして私はいなかった！

アルカザール王宮に最初の雪が降るのを見るために、
アフリカに生い茂る蔓の間で、夜中に豹を追って最初に狩りをしたとき、
この地上の夜に疑惑の影を投げかけた十字架の影の下、
二回目の十字軍のとき誰か知らない提督の乗った軍艦の上、
インカの最初の寺院のため基礎が掘られたとき、
その人のそば、あるいはその人のうちで、溶けた銅の輝きが、鉛を張った卵型天井の重みが、死を前にした苦悩がはじめて発見される。
私はいた、そして私はいなかった！

いつの瞬間に、どのような出来事の際に、私の永遠の同一性は変身し、時間のなかの同一性を手に入れたのか。私は、まだ見つからない手段を使って、ある出来事を識別する。その出来事を通じて、いま私の語っている転換が起きたのだ。しかしたぶん問題は、〈私〉つまり時間のなかの私の同一性は、私の誕生のときなのか、それともそれ以前なのかという問題と同じようにやさしい。新生児の叫び、最初のうなり声、それはまったく急激に新しい環境に投げ込まれた有機体の当惑によってかきたてられたものだ。おそらく険悪な大気のなかに唐突に落下するなかで、呼吸器がたちまち機能しなければならなかった。大まかに表現しているが、こうしておそらくあの叫びを生理的な観点から説明している。しかしその意味は？　それが今日私のなかに響かせる残響は、その反響は？　それらは出現することの恐怖を、やっと永遠から逃れることができた安堵の気持ちを示している。同時に、それはせまりくる死への恐れであり、この世界内でうごめき泣きわめく人々のあいだにあるという安堵でもある。同時に、生きなければならないという恐怖、そしてついに、いやおうなく無にいたるという安堵がある。

他所とは、どこにせよ、他所である。他所はもろもろの言葉のなかにもある。他所という言葉のなかにさえもある。それにしても他所は、同じふうに、あるいはちがうふうに他所（アイユール）だろうか。仕立て屋（タイユール）、喧嘩っ早い男（バタイユール）、剪断機（シザイユール）……私たちの唯一の個性を、測量士がするように、すばやく、あるいはゆっくりと計量しながら点検すべきだろうか。それぞれが他者のうちに何を見分けることができたかにしたがって、その個性を評価することになる。つまり私たちが自分自身について持つ認識とは、もろもろの「関係」に縛られ、この「関係」の評価を通じて、自分自身を認識するしかないのか。それとも私たちの根本的な資質というものがあって、もっぱらそこに個性を認めるべきか。あるいは、他所に、それをさがすべきなのか。他所、というこの言葉は、漠然として不確かな方向ではなく、何かを、——状態、可能性あるいは潜在性を——他所という言葉に閉じ込められて、そこに、ただそこだけにある何かを、おそらくこの言葉によってだけ指示される何かを指示することに役立つのだ。私たちを自分自身のなかに閉じこめるのは、このような評価であり、評価したあとで、私たちはこの評価を自分自身に与え、私たち自身のなかの他者たちに、その評価を与えようとする。事実確認がおこなわれ、関係が張りつめたままで維持されるとすれば、関係の組み合わせの戯れは、もしそれが描写されるなら、錯綜した組織網を結集しなければならず、人はそこに迷い込んで苛立つ。それはひとつの迷路であり、その複雑性と、私たちの精神の思考力のせいで、この迷路は無限に増殖しうるとわかっているので、みずからが他所に探し求めているものを見失ってしまうしかないのだ。

訳注

〔1〕原文は［…］で不明としているが、foudre（ゼウスの雷霆）と読めるように思う。

〔2〕「シカゴの七人」とはアメリカの極左運動組織の七名のリーダーのことで、一九六九年にブラックパンサー党のリーダー、ボビー・シールもいっしょに逮捕されていた。ジュネ『公然たる敵』アルベール・ディシィ編、鵜飼聡・梅木達郎・根岸徹郎・岑村傑訳、月曜社、二〇一一年、五二三ページを参照。

〔3〕『恋する虜』原文 *Un captif amoureux*, p.66 では une sorte de jeu（一種の戯れ）となっているが、『判決』原文では une sorte de feu（一種の炎）となっている。

〔4〕テクストではピリオドになっているが、ジュネの原稿写真では疑問符が入っている。

〔5〕MAVは Mort aux vaches!（くたばれポリ公）の略号か？

〔6〕テクストでは marque（しるし）となっているが、原稿写真では marche（行進）と読める。

〔7〕paraphe（花押、署名）は、正確には署名の終わりの飾り書き、あるいはイニシャルだけの略書を意味する。ときに署名、ときに花押と訳した。アラベスク模様、渦巻模様を意味することもあるようだ。

〔8〕paragraph（段落）は、原稿写真ではむしろ paraphe（花押）と読める。

〔9〕「正義の宮殿」（palais de Justice）は文字どおりの訳だが、たんに裁判所を意味する。palais は「宮殿」と「口蓋」を意味する単語で、ジュネはこれと戯れている。

〔10〕marilynalgine はマリリン・モンローにかけた造語か？

パガニスムについて　宇野邦一

二〇一〇年にはジャン・ジュネの生誕百年を記念して、さまざまな本が新たに刊行された。そのなかでもひときわ衝撃だったのはジュネ自身が残していた未知の作品で、それがここに訳出した『判決』である。

ガリマール社から出版されたのは四二ページの小冊だが、二五センチ×三二・五センチの大判（葡萄版といわれるもの）で、最初のテクスト「判決」の多くのページは、主要なテクストを、それより小さい文字の断片がとりまく形になっており、右ページには手書き原稿の写真が掲載されている。「判決」は一一ページの草稿からなり、そのうち九ページは細密な文字による手書き、最後の二ページは修正の入ったタイプ原稿である。ジュネはテクストの一部を赤字で、他は黒字で印刷するように指定している。これに続くもうひとつのテクスト「私はいた、そして私はいなかった」は、まったく通常の組み方で、やはり修正の入った冒頭のタイプ原稿の写真だけが付されている。

この謎めいた風変わりな本をはじめて開くときは、ジュネを愛読するものにとって眩暈するような瞬間だった。おのおののページが異なる形式で印刷されていて、一見したところ、詩にも小説にもエッセーにも分類できない。そして異様に濃密な言葉で書かれた断片が並んでいるが、複雑な組み方のせいもあり、その方向がすぐには読みとれないのだ。

冒頭の小さな断片に囲まれたテクストは、『恋する虜』で読んだことのあるものだ。ジュネが日本への旅を語った部分で、そこに異同はないようだ。しかしそれをとりまく言葉は未知のもので、あの日本への旅とはなんの関係もない。いくつかの地名が出現し、いくつもの出来事に、それらの断片はふれている。オリンポス、ヴェトナム、シカゴ、トラファルガー広場、ベドウィン、イスラエル、ローマ、テーベ。世界史、神話の場所、そしてそこに現代の戦争、闘争の記憶がもつれあう。

ジュネは最後の大作『恋する虜』を「複雑で入念な形式」で刊行することを考えていた。「中央にはひとつのテクストがあり、それはそれで続いていくが、余白には別のテクストがいくつもあって、中央のテクストを中断し、延長し、豊かにしていく[1]」（サーダッラーフ・ワンヌースとの対話）というように、彼はその構成を説明している。それはコーランの注釈書『タフシール・アル・ジャラライン』を思わせたという。日本への旅をめぐる文章がその冒頭に来るはずだった。その部分を含むこの未刊の原稿は『恋する虜』の試作であり、原型であり、序曲であったかもしれない。しかし結果として『恋する虜』とは異なり、まったく自立して、ジュネの書いた数々のエッセーや散文詩ともいえるいくつかの濃密なテクストと比べてもきわだった密度と、屈折と、拡がりと、奥行きをもつ作品が、死後二十四年あまりを経て、ようやく私たちの前に姿を現した。

『判決』というタイトルは、出版社のほうでつけたものであるらしい。裁判官が書いて言い渡す「判決」以外にも、ひそかに犯罪者みずからの書く「判決」がある。明晰な犯罪者なら、誰よりも自分の犯した罪についてよく知っているはずだからである。また監禁状態で、彼は司法官や弁護士以上に判決について考え、考えあぐねてきたかもしれないのだ。非行少年から泥棒となり、何度となく判決を言い渡され執行されてきた人物は、犯罪者を裁く法廷のからくりに、力と言語の体制に、そして判決の意味と文体に、裁判という演劇にまったく醒めた視線をむけることになる。そもそもジュネの書いた演劇は、徹頭徹尾、権力を分析し、骨抜きにする演劇であり、権力の演劇を透視する演劇である。こうして透視されるのは権力の深い闇であるが、透視されてしまえば、それは格別深いものでもなくなる。逆に深まり、ぶあつく拡がるのは、ジュネが法廷のむこうに見る果てしない世界の闇である。

あの『恋する虜』は、ジュネの死後一月あまり経って刊行された。まるで最後はこの本を書くためにだけ、ジュネは生き延びたようだった。完成した『恋する虜』は、ジュネが示唆したことのある「複雑で入念な形式」を採用していない。しかしさまざまな時間、歴史、記憶の層が、断続的にねじれをもって配列されている。かたや「判決」のテクストは、断片を配置しながら、たえずその構成を変え、連続不連続の関係を変更していく。「判決」ではは目に見える連続不連続がテクストとその間隙の意味を可視的にし、たえず意味を吸収しながらまた新たに紡ぎだす。

それはとほうもない〈詩〉であり、その主題は、法、法廷、判決、拷問、異教であり、権力と暴力であり、人種差別、戦争であり、およそ詩的なものではない。しかし主題は詩によって変形され引き裂かれる。もちろん詩的言語のほうも引き裂かれ変形される。主題と詩はたがいにたがいを解体しあう。そこに現れるのは、もうひとつのぶあつい闇である。「できることなら、死者たちの住む太古の夜にたどりつかなくてはならない」。ジャコメッティについて語りながら、そうジュネは書いた。

*

「異教徒」を意味するフランス語 païen に出会ったのは、ランボーの『地獄の季節』をはじめて辞書と首っ引きで読んだときのことだ。「異教徒の血がめぐってくる」。異教徒とはもちろん非キリスト教徒のことであり、ランボー自身のことである。おれは獣だ、おれは黒人だ、ゴール人だと書きながら、それでも神の救済を求めて揺れる。「まだ子供のころ、いつもおれは流刑地に送られる非情な囚人を讃えたものだ」。まるでランボーのなかには、やがてこの世界にやってくるジュネの分身がひそんでいたようだ。「おお竜骨よ砕けよ！おおわれは海に行かん！」という「酔いどれ船」の一節を思い出したジュネは、ランボーはこの詩で自分の運命をすっかり予知していた、と語ったことがある。[2] 砂漠地帯の遠国を彷徨し、足に腫瘍ができてフランスにもどり、その足を切断されて死ぬという詩人の運命のことだ。ジュネはまったく独自に「運命愛」の思想を培っていたにちがいない。

異教徒 païen は、paganisme（パガニスム）という単語に連鎖し、それは異教、異教的態度、異教的文明などを意味する。異教徒は必ずしも別の神を信じるわけではなく、たんに無神論者であるかもしれない。ジュネは、若くしてすでに決定的に西洋の信仰、規範、道徳、価値、制度、国家と対立している。すでに妥協の余地のない〈異教徒〉であった。多神教的な古代ギリシャに特別な関心をもち、若い日にシリアに滞在したときからはアラブ世界に強く惹かれていた。しかし晩年にパレスチナの抵抗運動を支持し、これに同伴することになったときも、ジュネはイスラム教徒になったわけではないから、やはりそこでも異教徒として存在した。「聖ジュネ」とさえ呼ばれたジュネは、あらゆる宗教に対して異教者として対するが、そのたびにほんの少しだけ異教を信じるようにふるまった。

フレデリック・ブラン（Frédéric Blanc）、これが精細な伝記的調査を重ねた結果判明したジュネの父親の名前である。生まれたばかりのジュネを育てることができず、公的制度に委ねることにした母親カミーユ・ガブリエル・ジュネが役所の調査に答えたときの記録が残っていた。フレデリック・ブランはそのとき四十二歳で、フランスのブルターニュ地方で生まれたということしかわかっていない(3)。

白を意味するブランという名を聞けば愕然とする。ジャコメッティについての忘れがたいエッセーで、「私が言いたかったのは、白がページに真珠の光沢の価値を――あるいは炎の価値を与えるということでもある。描線は、意味的な価値を得るためではなく、いっさいの意味を白に与えるという、ただそれだけのために用いられる。そこに描線があるのは、もっぱら白に形と硬さを与えるためだ。よく見るがいい。優雅なのは描線ではなく、そのなかに含まれた白い空間である。満ち足りているのは描線ではなく白なのである(4)」とジュネは、まるで「白」に憑かれるようにして書いていた。そのことを私は思い出さずにはいられないのだ。すべてを吸収し、吐き出し、生み出す無であり充実である恐ろしい白、優雅な白。私にとってジュネは何よりもこの白とともにある存在である。その白はときどき信じられないほど優しいナイーヴな相貌をあらわす。

そしてまた、アメリカでブラックパンサーの運動に同伴した時代には、白い人々(西洋)を敵にまわすようにして、黒い人々を熱愛したジュネのことも思い浮かべるのだ。母親のカミーユ以上に完璧に姿を消してなんの痕跡も残さなかったブランという名の父親について、うがった紋切り型の想像をすることは控えよう。それにしても、この白、空白、そしてジュネの美学にも倫理にも深く浸透した「白」、そして父の名との連鎖は、ジュネを読むものにとってもオブセッションになりかねない。だからこそ、これ以上の解釈は抑制しよう。

白に敵対する白、白と和解する白、事物を空白に突き落とす白、異教にほかならない白、異教の間の白、白と白の間に対立をもたらす白、みずからの空白から逃れていく白、白い闇……白は果てしなく変装し、変奏される。

「異教（パガニスム）という言葉はあらゆる社会に対して突きつけられた挑戦状のような響きがする」(5)（『恋する虜』）。「挑戦」するためには、異教の人は別の神を信仰するか、またはあらゆる信仰を否定する無神論者でなければならないだろう。しかし「無神論者という言葉はまだキリスト教徒の道徳に近すぎる。キリスト教徒の、ただし、神聖な王の荊冠と化したキリストのそれだ」。

じつはジュネという異教徒は、ときに無神論者のように、ときに市民の道徳を知らない野蛮なよそ者のように、そしてときにはただ美的な趣味によってミサに通い、やがてパレスチナで出会った感動的な母と子の対に、十字架の下で死んだキリストを抱きかかえるマリアの偶像（ピエタ）を重ねるという、途轍もない想像力の持ち主なのだ。変幻自在の度しがたい異教徒であったといえる。もちろんご都合主義のカメレオンのような存在であったわけがない。この異教徒のまたの名は「恋する虜」である。しかし「恋」によってけっして恋人の信仰や教義をともにしたわけではない。

この「恋」はまったく身体的で官能的なものだが、抵抗し闘争する人々の思想を避けて、あとの半分だけを恋したわけでもない。ジュネの同伴は根本的であり、実存的でさえあったが、いつでも異教徒的であった。抵抗し闘争する人々の信仰や教義といっしょに浸透し定着してくる規律や権威や形式には、いつもきわめて辛辣に対した。

たしかに無神論者という言葉も、まだキリスト教の道徳に近すぎる。キリスト教だけでなく、あらゆる宗教が、政治が、そして革命さえもが「道徳」をよびよせる。もちろん、そういう「道徳」を拒絶するジュネさえも、けっして道徳の「彼岸」にいたわけではない。

裁判官でも検察官でもないものが、「判決を書く」とはいったいどういうことだろうか。道徳の「彼岸」にいる人に、判決を書けるはずがない。それとも道徳の彼岸にいる人だけが判決を書いたりするのだろうか。司法官とは、あらかじめ道徳の彼岸にあるかのようにして判決を言い渡すのではないか。そして最後に「判決」を言い渡すのはジュネ自身であり、しかもその「判決」はこのテクストのように異様な形をとるしかなかった。そういえば『神の裁きと訣別するため』は、アルトー自身がこの世界にむけて書いた最後の判決ではなかったたか。

ジュネは徹底したニーチェ主義者であり、いかなる意味でも宗教的な思考をする人ではない。それでもキリスト教のシンボルやイコンに繰り返しもどっていった。やがてそれ以上にオリンポスやベドウィンの異教（イスラム）の神に接近し、日本に旅したときはまずスチュワーデスの「さよなら」という言葉の響きに、異教のしるしを聞いた。それが呪文のように働いて、ジュネの心身に滲みこんでいたユダヤ＝キリスト教という「化けの皮」を剝ぎ取り、真綿のように無垢な皮膚を剝き出しにしたと書いている。長いあいだジュネは、異端児、反逆者であっても、ユダヤ＝キリスト教のモラルからはいっこうに解き放たれてはいなかった。これほどしたたかに、ときには異端や反逆さえも許容し、推進力に変えるように吸収してきたモラルがあっただろうか。だからこそ、たえずこれに反逆する必要があった。

そしてジュネを断罪し更正しようとした権力は、すでにメトレー少年院の時代から、キリスト教会といつでも一体で、神、父性、正義、法、権力、国家は、二十世紀のフランスでも、まだ深く浸透しあい合体していた。

「異教という言葉は異教徒を、世紀の底深く、《太古の闇》と異名のつけられている時代に沈ませる。神がまだ存在していなかった闇の時代だ。一種の陶酔と寛容によって異教徒は、どんなものにも他と同じように、自己自身に対するように、うやうやしく接近し、品位を落とすことがない」[6]。異教徒（ラテン語paganus）は、キリスト教の伝わらない未開の地方（pagus）の人々を意味した。しかしジュネの言う「異教徒」はたんに無明の人ではない。それは自己に対しても他に対しても「うやうやしく」接し、そこに陶酔も寛容もともなうというのだから、無知、無明であるどころか、きわめて繊細な態度を意味する。他者に対しても自己に対しても「異教徒」であること、それがパガニスムというものである。

ジュネは、例外的な、かなり凄まじい傍観者だった。少年院でも監獄でも、強靭な観察者であり、他者の行為と美を見つめ謳いあげる詩人だった。そこでもすでに「恋する虜」として異教徒のように存在した。これはまったく厳密に貫かれた態度だといえる。小説に書きこまれた悪の讃歌、孤独な美学、反逆、欲望……、それらはまだ「主題」にすぎず、ジュネはそれらの主題の外側に立ち、他者も自己も「うやうやしく」異教徒として見つめる。あれほどジュネが「裏切り」にこだわったのは、そのためだ。

結局サルトルやデリダの記念碑的なジュネ論は、あくまでも西洋のなかの反逆児、異端者を相手にしていたのではないか。たしかにジュネはさらに遠く西洋の外に行く必要があった。ブラックパンサー、日本、パレスチナ……。異教徒の倫理を完成するためには遠い旅をする必要があった。けっして超越ではなく、内在を完成するための旅である。「さよなら」というまったく無意味な一語が決定的な呪文になるほどに。

「判決」というテクストは厳密に、「私はいた、そして私はいなかった」へと褶曲していく。「もし永遠のむかしから有罪で、あの発音され、またはぶつぶつ言われ、そして書かれる判決と私が永遠にぐるならば?」この「私」は、永遠のむかしから存在し、有罪者であり、判決を書き続けてきた。裁判官の言い渡す判決よりもはるか前から、「私」は書き続けてきた。ジュネはけっして前世や輪廻について語っているのではない。この「私」は永遠のむかしから存在し、一対の男女を選び、彼らを通じて肉体として生誕し、やがて永遠のむかしからの「私」という存在は消滅することになる。なんと、この大それた異教徒にして思いついたほとんど宗教的な見解にみえるが、生誕とは、神とともにあった永遠の時間から追放され、むしろみずからこの永遠を捨て去って有限の生を得ることであり、生誕とともに神の手から逃れることなのだ。

ジュネの特異な時間論を思い出さなくてはならない。「私にとってひとつだけ聖なることがある。どうしても「聖なる」という言葉を使いたいのだが、聖なるものとは時間なのである。空間はどうでもいい。〔…〕ひとつの空間は小さくなったり大きくなったりする。それはさして重要ではない。まったく無名のひとりの男も同じ時間をもっている。少し長かったり短かったりすることもあるが、それはたいしたことではない。しかしこの時間そのものは聖なるものだ。私はそれに触れてはならない。他人はそれに触れ、私を消したり、殺したりすることもできるが、私はそれに触れてはならないのだ(7)」

こういう「異教徒」が、「聖なる」時間について語ったのだ。すでに空間について恐ろしく明敏に思考する人物が、時間という不分明にして知覚不可能な次元に思考をしのばせていった。そこでジュネは、計測不可能な、過去から未来へと直進する時間のはるか彼方にいってしまう。行動からも実現からも脱落した次元で、この時間は逆流し、渦を捲き、ときに滞留する。ジュネは逆流する時間について書いた。

「時間。時間について何も確かなことはわからない。けれど、ひとつの出来事を前にして、あるいはなんでもいい、何かを前にして、ずっしり重たい瞼を閉じるなら、私にとって出来事はもはや、現在の瞬間から未来へと移りゆき、過ぎ去ってしまうものではない。反対に、出来事を導く瞬間が生じたとき、たちまちその出来事は終わりに達し、全速力で始まりにむけて逆流し、みずからの上に、その終わりをめりこませるのだ。お望みなら、一八三〇年に最初にアルジェを砲撃したフランス人は、一八〇〇年ごろにアルジェに砲撃されていたのだ。出来事というものはこんなふうに自生的に発生し、同時に同じ動きによってたちまち消滅するので、その終わりは逆進し、発生したときのざわめきより少し前に出来事を連れもどす(8)」

出来事は、発生する前にすでに起きている。発生したと見えるときには、すでに終わってしまっている。こういう考えは、まさに私は生まれる前からすでに存在し、この地上に生まれ生きたことによって、やっと終末を迎える、という考えとほとんど同体であり、同根なのだ。いかにもこれは父も母も知らずに生まれた人の論理であるかもしれない。まるで自分から望んで、みずからこの世界への扉を開けることによって生まれてきた、というように。「私の傷は私より前に存在した。私はそれを受肉するために生まれた」。戦争で半身不随となった作家ジョー・ブスケが書き記した言葉である。これは信仰と一体の確信なのか。それとも出来事はただ偶然として、あるいは必然として生じ、ある日終わり、人はたんにその出来事から学んだり、長く記憶に刻んだり、すぐ忘れてしまったりするという違いがあるだけなのか。どうやら無神論者であり、あるいはギリシャ人のように多くの神々と戯れる人であったらしいジュネは、度しがたいほど強固な時間の形而上学を、そして「非時間」の観念を育んでいたのだ。たしかにひとつの出来事には始まりと終わりがある。しかし始まりも終わりも、微細に見つめるなら、その瞬間よりはるか前に始まっており、はるか前に始まることによって、終わりと認められる前にはすでに終わっているかもしれず、そのあいだに、なんども終わっては始まっていたかもしれない。逆流する時間とは、ジュネにとってたしかにたんなる逆説ではなかった。

生まれてくるという被造物の運命を否定するとは、もちろん「神の裁き」から自己を解放しようとする作為である。それは神の超越性から離脱し、自己を唯一者として立てることのようにみえる。しかし生まれてくるとは、それ以前の「永遠のむかし」にそうであったのと同じ唯一者でありつつ、唯一者として死に始めることでもある。ニーチェ、マルクスが現れたあとに、ジュネはなおも倒錯的な神学的議論をたったひとりで続けていたかのようだ。現代世界がまだ神学的な体制を強固に保持しているとすれば、たしかにこの倒錯は必要な策略だった。

「判決」の冒頭で、日本への旅を語るテクストをとりまいている断片は、そういう視座で神々の闘争について語り、アメリカにおける白人と黒人の闘争をそれに重ねている。小柄な日本人のスチュワーデスとたくましいドイツの搭乗員は、収容所のユダヤ人とナチの親衛隊のイメージに重なる。そこで「さよなら」は変身の合図であり、死の告知である。その告知を、現代における神々の果てしない闘争がとりまいている。

トラファルガー広場、ヴェトナム反戦、中世の行列、ヒッピー、裏切り者、チェ・ゲバラの思い出、びしょぬれのオフェリア……。政治的な衝突はジュネにとって演劇であり演劇的混沌である。ただ演劇にすぎないというのではない。アンチゴネー、オイディプス、ハムレットはただ演劇の原型ではなく、原型の演劇でもあった。だからこそ演劇は繰り返され、繰り返し現実の闘争や葛藤の場面にもどってくる。誰も演じているわけではなく、演劇だと気づかれもしないところに演劇が忍び込んできて、みずからを再演する。アルジェリア、ヴェトナム、人種差別のアメリカ、フランスの六八年五月、そしてパレスチナへと線を引き、運動の方針ともイデオロギーとも無縁の次元でそれらを結びつけ、世界地図を描き改めることができたのは、監獄での愛を綿々と書き綴ることのできた元泥棒でなければならなかった。

そして「すべては闇を背景にして生起するだろう」。判決をめぐる奇妙な対決が始まる。判決を書くのはじつは犯罪者であり、裁判官はそれを盗んで口にするだけだ。ラテン語の引用で甲冑のように身を固めたならまだしも、法廷で言い渡される判決とは、結果として非現実的で、あいまいで、不可解な法の文章の剽窃にすぎなかった。

アルベール・ディシィとパスカル・フーシェによる新たな伝記的調査には、ジュネに向

けられた数々の判決文が資料として収められている。以下は一九三九年ジュネに対して下された判決文内容の試訳である。(9)

セーヌ県軽罪裁判所、第三法廷、一九三九年十月十八日

検事正あて
以下の被告に対して

現行犯。拘留者ジュネ　ジャン、二十八歳、日雇い労働者、自白によればパリ（六区）一九一〇年十二月十九日生まれ、父の名前不明、母カミーユ・ガブリエル＝ジュネは独身、住所不定。一九三〇年トゥールにて徴兵され除隊。
拘留状日付一九三九年十月十七日。

窃盗－再犯

本法廷は、裁判長より被告人に、少なくとも三日間、弁護のため公判を遅延させる権利をもつことを告げたことに鑑み、また被告人が法に従って考慮した後、ただちに公判に入ることを承諾したことに鑑みて公判を開始した。予審および審理の結果、一九三九年十月十六日パリで、ジュネは不法に、シャツ一着と絹布をあわせて詐取したが、これは商店「ルーブル」所有者にとり合計一五〇フランの損害にあたる。すなわち刑法三百七十九条および四百一条に規定された処罰さるべき軽罪である。一九三八年十月二十五

日ブレスト軽罪裁判所での対審判決により、ジュネは窃盗により二ヵ月の懲役に処せられている。これは法の定める期間に上訴されず、本件の犯行[10]よりも以前のことで、すでに確定している。かくして被告は刑法五十八条に定める再犯に該当し、上述の四百一条および五十八条が適用される。裁判長がこれを読み上げ、よって確認された。〔…〕ただし刑法四百六十三条が情状酌量による減刑を認めていることを考慮した。

よってジュネを二ヵ月の禁錮に処す。さらに本判決のため国庫が先払いした訴訟費用六〇サンティームおよび郵便費五フランの支払いを命じる。本費用の弁済のため正当と認められる場合、最小限の身柄拘束期間を定める。

法律の用語にも文体にも通じないものが仮に試みる訳であるが、ジュネ自身の言葉（判決）との間の眩暈するような落差をまず痛感する。判決を構成する法的言語は、犯罪者の生と身体に対して、また犯罪者が語り、語りうる言語とも、まったく断絶した遠い次元にある。にもかかわらず判決は、被告の身体に懲罰や処刑を課すというもっぱら現実的な効果を及ぼすのだ。そして司法制度の理性は、さらに異なる次元に別の源泉をもつのだ（ジュネはそれを端的に「拷問」と名指している）。このことはじつは法的言語にだけかかわるのではなく、およそ言語というものが本質的に内包する断絶を、また断絶とともに作用する効果をあらわにしている。ジュネの作品に含まれる犀利な言語哲学は、つぶさに思考すべき問いを示唆している。

まったく異様な文体で書かれるのは、法律だけではなく、それを解釈し、犯罪を犯罪として構成する訴状や判決の文章でもあるかもしれない。そして犯罪者が、ジュネ自身が書く別の「判決」がある。ラテン語の引用によってかろうじて重みをもってきた判決は、やがて別の入り組んだ修辞を必要とするだろう。言葉の戦争というものがたしかにあって、その残酷な効果ははかりしれない。それは言葉にすぎないといっても、判決の言葉は、たしかに体刑や拷問にとってかわり、それらに劣らず、あるいはそれ以上に残酷な効果を行使してきたのだ。

ジュネの「異教性」とは、たしかに言葉にかかわるものでもある。異教者は、母語を用いながら、明らかに母語の外に立っている。監獄では、たえず新しい俗語が生み出される。監獄で書いた小説で、そのような新奇な俗語を救いあげることに、どれほど彼は乏しいインクと紙を費やしたことか。ジュネと仲間たちを裁く判決のフランス語は、まったくみじめなほど機能的で空虚であり、ただ空虚であることによって重たい。しかしもともとフランス語とは、ひとつの言語とは単語のおびただしい「乱交」であり、「裏切り」(trahison)と「伝統」(tradition)が同じ語から生じるというようなケースはこの言語にとって例外ではなく、まったく本質的なのだ。

「判決」は奇妙な詩と化し、詩の素材となりモチーフとなり、いつのまにか詩が判決にとってかわり、詩が判決となる。「判決」という詩、その詩の海のなかで、法の言語は倒錯し、脱臼してしまう。法は言語でしかないが、法を分節するのは言語でない力であり、力関係である。そしてこの言語そのものが力を行使する。法の言語は詩の言語などものともせずに、限定し拘束し、締めつけ、詩的な時空を追い詰めてしまうが、ところが大げさな修辞に酔うようにして正義を謳いあげるとき、法はただ拙劣な詩と無節操に戯れているだけだ。詩と法との熾烈な戦いを、もちろん法律家たちも詩人たちも、自分にはかかわりのないことと思っている。法に対するこの異様な「判決」とは、権力の演劇性にすっかり目覚めてしまった泥棒詩人の究極の演劇であり、詩であった。

＊

およそ〈意味〉というものが、いかに発生し成立するのか。このことに関するすばらしい説明を私は読んだ。「意味作用とは、それによってふたつの異質なもの、ふたつの時代を隔てたものがわたしの内でいまや同じ言語を話すようになった、きりのないあの待ちどおしさに（そしてそのなかにはめ込まれるように）続くあの短い一瞬、あの落雷の瞬時性でしかなかったこと、そんなことがありえたのだろうか[11]」。「判決」の意味も、そもそも裁判官と被告の出会いもそのようなものではないか、ふと考えた。

判決を言い渡す裁判官の手が、ジュネの頭のなかで賭博者のさいころを振る手にオーバーラップする。賭博者のおおげさな身ぶりは、もちろん獲得され、あるいは失われる賭け金の大きさに応えるものだろう。しかし賭博の関数とは、その大きな結果をもたらすのがただされいころの一振りというおそろしく無意味でささいな行為であるということだ。判決言い渡しの儀式と身ぶりは、モロッコの広場でおこなわれるちっぽけな賭博の真剣さに比べられる。被告は、その賭博のような儀式からは締め出され、壁の穴を通じて教会のミサに立ち会った中世の癩病者のように、まるで部外者のように判決に立ち会うが、しかし判決は被告の協力、署名なしには完結しない。司法官と被告が〈ぐる〉になって演じる判決という儀式は、同時に賭博であり演劇であり、同時にシナリオであり演技である。

しかし「私はいた、そして私はいなかった」ということになれば、もう賭けることさえできないのではないか。

第一のテクストの末尾に明確に予告されているとはいえ、「私はいた、そして私はいなかった」というテクストがそれに続いていることもまた、これを読むものを眩暈させ、闇に突き落とす。その「判決」とは、「私はいた、そして私はいなかった」と書くような人物に対する判決なのだ。しかもこの被告は、みずから判決を「来る日も来る日も」書き続けたというではないか。

主たる文とともに、小さな文字で印刷した断片が並行的に進むという形式で書かれたもうひとつのテクスト「小さな真四角に引き裂かれ便器に投げこまれた一幅のレンブラントから残ったもの」で、ジュネはひとつの「啓示」について書いた。ある客車で向かいに乗り合わせた、なんの特徴も魅力もなく、むしろ醜悪な男が、自分自身と等価であり、結局どんな人間も他の人間と同類であり、「どんな人も、他のあらゆる人々である」という啓示である。それはむしろ取り返しのつかない絶望的発見であり、「吐気をもよおすような」啓示にちがいないのだが、（ジュネによれば）それこそレンブラントが発見したことでもあった。「無限の、地獄のような透明」にレンブラントはたどりついた。人生の苦難や悲哀をくぐりぬけて、レンブラントは「モデルを脱人格化し、事物から同定可能なあらゆる特徴を取り除いたときから、人にも物にも、最大の重み、最大の実在性を与えることになった[12]」。

「私はいた、そして私はいなかった」というジュネの思考が、あの絶望的な「等価性」の発見と、そして「逆流する」時間の発見と無関係であるはずがない。

賭博の特性とは、勝つことと負けることとの絶対的な等価性である。さいころの目は絶対に無意味である。それなら大金を失い破滅する私は、さいころが振られる前に失っており、生まれる前から破滅していたのではないか。

「私はいた、そして私はいなかった」という一文は、肯定であり、否定であるのではない。また肯定否定を通じて、より高い次元での解決（弁証法）をめざすわけでもない。たえず肯定を否定し、否定を肯定するこの思想は、あの奇妙な等価性の思考と関係がある。おそらくこの思考にとっては、肯定にせよ否定にせよ粗雑すぎるのだ。

等価性とは、けっして事物や人間を〈無差異〉とみなすことではない。知覚、思考、言語の肌理はけっして十分に繊細ではなく、私たちは大まかで粗笨な差異をとらえて、それを固定してしまう。その差異のむこうには、はてしない差異の世界がひろがっているのだ。そのように調整され制限された差異の帯域が私たちの生と感覚を、思考と意味を被っているとしても、そこから後戻りできないほどに離脱してしまう機会が訪れることがありうる。

じつは等価性の発見とは、けっして絶対的な無差異に醒めることではない。むしろ絶対的な差異の発見なのだ。

死後の魂の存在とは信仰に属することだとしても、一度かぎり存在した魂が死後にはもう変化しないとすれば、この魂はあたかも永遠の実在のように「死者たちの住む太古の夜」に属する。まだ生まれていない魂もまたただひとつのものだとすれば、生まれることによって変化するのではなく、あたかも生まれる前から、死者たちの魂と同様に実在する（かのようだ）。厳密にいえば、ジュネにとってそのただひとつのもの、つまり「私に先行する同一性」とは魂でさえない。それはただ唯一の同一性なのだ。

こんなふうに絶対的差異に目覚めてしまった「同一性」にとって時間とは何だろうか。始まりも終わりもない時間は、進行することをやめて逆流する時間というかたちをとることもありうるのではないか。

ジュネの論理によりそうようにして、私はまったく非論理的なことを述べている。しかし逆流する時間、等価性、「私はいた、そして私はいなかった」という肯定と否定の同一性について、ただ詩人のように語るしかなかったジュネの思考は、まったく一貫していた。もしかしたら、こういう思考は、密教や禅宗のなかで洗練されてきたものと共通点があるかもしれない。このことに関して、ジュネよりもずっと洗練され鍛えられた思考が、いたるところにあったかもしれない。しかし教義としてあまりにも洗練され、まさに教義となってしまった思考に対しても、「判決」の思考は「異教的」であるしかないだろう。それが異教徒の、異教主義の思考であることは、「判決」という作品にとって、それを読む私たちにとって決定的である。

パレスチナのまだ十代の闘士たちが、木蔭にプラスチックのカラフルな洗面器をおき、それで体を清め、お祈りに備える光景を目撃して、ジュネはガンジス河の仏教徒の沐浴に思いをはせる。「マホメット教徒の森に、数知れぬ直立の仏陀が棲んでいた」。「キリスト教の信仰が神に対する冒瀆であるまさにこの地で、異教は、この名の悪徳にふさわしく孤独であり、正午にいくばくかの夜を、闇のなかにいくばくかの陽光を、いくばくかの苔を、ヨルダン川から毛細管現象によってしのび寄る湿気をもたらしていた」[13]（『恋する虜』）

同じように、パレスチナの戦いが何であるのかを要約するイコンとしてジュネが思いついたのは、死んだキリストを抱くマリアの像であり、このマリアとキリストはたえず役割を交替し互いを見守るのだった。異教者とは、いつも裏切り者でもあり、光が闇を、闇が光を裏切るように裏切るのだ。

自分はパガニスムを過大に評価しているかもしれない、パガニスムとアニミスムを混同しているかもしれない、とジュネはつぶやくように書いている。私もまたジュネが「異教（パガニスム）という言葉」について書いたことを誇張して、くどいほど書いてきたかもしれない。結局それがどんな信仰にも教義にも異をたてることであり、しかも無神論ではなく、なおかつ信を表明しているのなら、それはまったく過剰であり、しかも欠乏し、よるべのない立場を示している。

盗みを犯したひとりの男に判決を下す裁判官と、裁判所という場所は、〈信仰〉ではないとしても何重にも保証され保護された〈信念〉の厚い甲冑をまとっている。犯罪者はもちろんその信念を共有すべく誘われ強いられている。多くの犯罪者は、死刑囚でさえもミサを受け入れるだろう。しかしジュネという異教者のすさまじい悟性には、そういう勧誘も強制も通じなかった。勧誘し強制する言語の意味と規則のからくりさえも彼はすっかり見通していた。

そこでこの異教者は、どこまでも言語と戯れるのだ。裁判官よりもずっとましな判決を彼は書くだろう。小学校以外のどこかでフランス語を学んだわけでもない。法廷では、そのうえにずいぶんバロックなフランス語を学んでしまった。それを発音する権力者たちの口の形、義歯の配置まで正確に見つめていた。威厳を帯びてみえるように意匠を凝らした言葉がどういう質の権威と暴力に操られているか透視していた。泥棒自身が書く判決は、ちがう文体で、もっと重々しく錯綜し、あるいはもっと軽やかに、もっと鋭利で取り返しのつかない言葉になるだろう。いや、ほとんど無意味で、形のない言葉になるかもしれない。

自分のつくったかぼそい彫像の全貌をよく見つめようとして、少し遠ざけて見つめ、さらによく見つめようとするうちに、もっと細く小さいものをつくるようになり、それを続けているうちに、ついには全作品がマッチ箱におさまるほど小さくなった。ジャコメッティが自分の彫刻について語ったことだ。

「判決」という題を与えられたこの無題のテクストは、異教のあいだで言い渡されてきた数々の「判決」に深くかかわる。もちろん世界の抗争を、ただ宗教対立に還元することはできない。ほんとうはもっと根深い対立があり、それは表層のコミュニケーションに解消されはしない。イスラム教徒はキリスト教徒をけっして許さないし、黒人は白人の暴力をけっして許さないだろう。そこでジュネはただ戦いや対立や憎悪をあおっていると即座に思い込む読者もあるだろう。ほんとうは「判決」を言い渡しながら、被告にさえも協働と共謀を強い、絶対性の仮面をかぶる言語と理性の体制のほうが、はるかに残虐であり強固かもしれないのだ。罵倒しあい素手で殴り合っている人間のあいだには、まだ友情も愛も可能なのだ。恐ろしいのは「判決」の体制であり、これに対抗しようとして別の闇で、踊るように微笑むようにして、犯罪者はもうひとつの「判決」を書かなくてはならなかった。それが入り組んだ配置で、コーランの奥深い解釈のように書かれたことにも必然性があった。

ジュネが例外的な文字組みで発表した作品としては、先にふれた「小さな真四角に引き裂かれ便器に投げこまれた一幅のレンブラントから残ったもの」がある。ページの左に一連の文章があり、その右側にはイタリック体の小さな文字で断片的なテクストが配置されている。レンブラントの芸術にふれているのは、むしろこの断片のほうなのだ。他にも「断片…」(Fragments...)とだけ題され、ジュネ自身の性愛をかなり赤裸々に、しかもきわめて屈折したかたちで語った詩的テクストがある。[14] それは「詩をめざす、ゆるやかで控えめな歩みとなるひとつのテクスト」のための草稿である、と冒頭にジュネは記していた。これには主たる文章のあいだに、ところどころ小さな文字のテクストが挿入され、さらに番号つきの注釈の形で断片が挿入されている。また一部にはページの左に対話的な文章が、右に細かい文字からなる断片が配置されている。

波瀾万丈といえる一生を送り、何よりも監獄と性愛という〈主題〉によって読者をひきつけたひとりの作家が、これほどに入り組んだ形式をもつ、半ば散文詩と思えるテクストを書いていた。彼の小説、戯曲に比べて、まったくひそやかに、まるで読者を遠ざけるかのようにして書かれたものだ。それははるか遠くの〈詩〉に向かう途上の試みにすぎないとジュネはいうが、断片の間隙は厳密に配慮され、その不連続性は読解を妨げ意味を錯綜させるとしても、たしかに意味とは別の価値をもっている。

フランス文学に通じた読者なら、この入り組んだ形式からはどうしてもあのマラルメを思い浮かべるだろう。完璧な書物を追求して終わりのない実験を続けたが、実人生は語るべきエピソードに乏しく、つましい英語教師の人生をおくった。しかし詩的言語そのものに深く迷路を穿つ彼の異様な探求の軌跡に対して、ジュネは敏感に反応した。「分析好きの光明に向かってこんなに快活に進んでいるようにみえる世界では、私たちの半透明の瞼をもはや何も保護してくれないのだから、マラルメと同じく私も、少しは闇を加えるべきだと考えているからである[15]」。ジュネがこんなふうに言及したフランスの作家、詩人は数少なく、例外的な賛辞といえる。マラルメの詩的問いを引き受けるようにして、ジュネはいくつかの読みがたい作品を残した。言語表現への深い懐疑と詩的言語への濃厚な関心とが、そこには綯い合わさっている。

牢獄のなかで小説を書いたとき、ジュネには、いつも紙が欠乏していた。乏しい紙を手に入れ、その上に書きつがれた草稿は、ときに没収されたこともある。ジュネの作品はそういう条件のなかで書かれたという意味で、いつもつぎはぎだらけだった。「判決」にいたるまでにジュネが何度か試みたあの非線形的な断片の構成は、そのことと無関係ではないと思う。しかしテクストの線形的な連続性を引き裂き、意味と時間を解体し再発見しなければならないところまで、やがて彼は自分の書法と思考をつきつめていった。「判決」はそういうジュネの実験的探求の極限を画し、そこに結晶した作品なのだ。

そしてあの『恋する虜』を完成したとき、ジュネはもはやこのように錯綜した形式的作為を必要としなかった。いわば断片性、非線形性を自在にあやつり、時空の敷居を横断し、この世界の壁を透過し、西洋の観念と体制の外部に出て、まさに彼の〈パガニスム〉を完成したのだ。一見して意味の希薄な、ささやかな言葉で書かれているが、それは西洋の歴史と、歴史の書法(エクリチュール)に対する壮大な挑戦であった。そのためこの「判決」という数多の切子面をもつ結晶のように濃密な実験的作品は、まさに闇に埋もれてしまっていた。

注

(1) サーダッラーフ・ワンヌース「伝説と鏡のかなたに——ジャン・ジュネとの対話」鵜飼哲訳、「ユリイカ」一九九二年六月号、一一九—一二〇ページ。

(2) ジュネ『公然たる敵』アルベール・ディシィ編、鵜飼哲・梅木達郎・根岸徹郎・岑村傑訳、月曜社、二〇一一年、三三九—三四〇ページを参照。

(3) cf. Albert Dichy et Pascal Fouché, *Jean Genet, matricule 192.102, Chronique des années 1910- 1944*, Gallimard,

p.26.

（4）ジュネ『アルベルト・ジャコメッティのアトリエ』鵜飼哲編訳、現代企画室、一九九九年、四〇ページ。

（5）ジュネ『恋する虜』鵜飼哲・海老坂武訳、人文書院、一九九四年、五六ページ。

（6）同。

（7）『公然たる敵』三四〇—三四一ページ。

（8）「ロジェ・ブランへの手紙」in Genet, *Les Œuvres Complètes*, tome 4, p.229.

（9）Albert Dichy et Pascal Fouché, *op.cit.*, p.391.

（10）原文は「犯行」perpétration ではなく「永続」perpétuation としているが誤りだろう。

（11）ジャン・ルイ・シェフェール『エル・グレコのまどろみ』與謝野文子訳、現代思潮新社、二〇一〇年、一五五ページ。

（12）ジュネ『アルベルト・ジャコメッティのアトリエ』xix ページ。

（13）『恋する虜』一六一—一六二ページ。

（14）in Genet, *Fragments...et autres textes*, Gallimard. このテクストは平井啓之訳により「同性愛についての断章」として「ユリイカ」一九九二年六月号に掲載されている。

（15）「……という奇妙な単語」、『アルベルト・ジャコメッティのアトリエ』所収、一三八ページ。

謝辞

この本の翻訳を仕上げる過程で、ジュネを中心に研究してこられた慶応大学の岑村傑さんに訳稿の点検をお願いした。岑村さんには大変緻密に問題点を指摘していただくばかりか、原文テクストとジュネの草稿との異同に関しても貴重な示唆をいただいた。

訳を進めるうちに、『判決』という作品のただならぬ特異な形式とモチーフに呼応する書物を夢想するようになった。菊地信義さんにはかつて『ジュネの奇蹟』（日本文芸社、一九九四年）の装丁をお願いしたことがあるが、この夢想をやはり菊地さんに託そうと思い、さいわいにもお引き受けいただいた。おふたりに深謝する。

また、この『判決』というまったく例外的な本の翻訳刊行を決意され、造本上の難題に挑まれたみすず書房の遠藤敏之さんに感謝する。

宇野邦一

著者略歴

(Jean Genet, 1910-1986)

1910年，パリ生まれ．翌年，母により児童養護施設救済院に遺棄され，里親のもとで育てられる．幼少期より非行を繰り返し，26年，メトレ矯正訓練所に収監される．29年，志願兵として中東，マグリブ方面に駐屯．36年，軍隊を脱走し国外を放浪，翌年帰国．42年，フレーヌ中央刑務所在監中に詩集『死刑囚』を自費出版，同年，小説『花のノートルダム』，翌年『薔薇の奇蹟』を執筆．45年より48年にかけて『葬儀』『ブレストの乱暴者』『泥棒日記』，戯曲『女中たち』ほかを執筆．49年，コクトー，サルトルらの請願により大統領最終恩赦を獲得，以後監獄から遠ざかる．55年から61年にかけて戯曲『バルコン』『黒んぼたち』『屛風』，評論『アルベルト・ジャコメッティのアトリエ』を執筆，発表．67年暮れから68年春まで日本をはじめ東方への旅，同年帰国後にアメリカ旅行．70年，ふたたび渡米，ブラックパンサーを支援する講演活動を行う．また同年秋にはヨルダンのパレスチナ・キャンプを訪問，以後パレスチナ・ゲリラとの親交を深めた．83年，『シャティーラの四時間』を発表．86年，『恋する虜』刊行前月の4月に死去．なお，91年刊行のガリマール版全集第6巻『公然たる敵』は60年代後半以降に活字化された政治的テクスト・対話の集大成である（以上いずれも邦訳あり）．

訳者略歴

宇野邦一〈うの・くにいち〉1948年，島根県生まれ．京都大学文学部卒業後，パリ第8大学に学び，文学科で修士論文を，哲学科で博士論文を執筆．立教大学現代心理学部映像身体学科教授．著書『意味の果てへの旅』(1985)『風のアポカリプス』(1985)『外のエティカ』(1986)『混成系』(1988，以上青土社)『予定不調和』(河出書房新社 1991)『日付のない断片から』(1992)『物語と非知』(1993，以上書肆山田)『D　死とイマージュ』(青土社 1996)『アルトー　思考と身体』(白水社 1997)『詩と権力のあいだ』(現代思潮社 1999)『他者論序説』(書肆山田 2000)『ドゥルーズ　流動の哲学』(講談社選書メチエ 2001)『反歴史論』(せりか書房 2003)『ジャン・ジュネ　身振りと内在平面』(以文社 2004)『破局と渦の考察』(岩波書店 2004)『〈単なる生〉の哲学』(平凡社 2005)『映像身体論』(みすず書房 2008)『ハーンと八雲』(角川春樹事務所 2009)『ドゥルーズ　群れと結晶』(河出ブックス 2012) *The Genesis of an Unknown Body* (n-1 publications, 2012)，訳書ドゥルーズ&ガタリ『アンチ・オイディプス』(河出文庫) ベケット『伴侶』『見ちがい言いちがい』(以上書肆山田) アルトー『神の裁きと訣別するため』(共訳，河出文庫) ほか．

ジャン・ジュネ
判決
宇野邦一訳

2012年10月12日　印刷
2012年10月23日　発行

発行所 株式会社 みすず書房
〒113-0033 東京都文京区本郷5丁目32-21
電話 03-3814-0131(営業) 03-3815-9181(編集)
http://www.msz.co.jp

本文印刷所 萩原印刷
扉・表紙・カバー印刷所 栗田印刷
製本所 誠製本
装幀 菊地信義

ISBN 978-4-622-07673-5
[はんけつ]

ジャコメッティ エクリ	A. ジャコメッティ 宇佐見英治他訳	6720
完本 ジャコメッティ手帖 I・II	矢内原伊作 武田・菅野・澤田・李共編	I 7875 II 8400
ジャコメッティの肖像	J. ロード 関口浩訳	3360
盲者の記憶 自画像およびその他の廃墟	J. デリダ 鵜飼哲訳	3990
友愛のポリティックス 1・2	J. デリダ 鵜飼哲・大西雅一郎・松葉祥一訳	各 4410
ならず者たち	J. デリダ 鵜飼哲・高橋哲哉訳	4620
アラブ、祈りとしての文学	岡真理	2940
映像身体論	宇野邦一	3360

(消費税 5%込)

みすず書房